IL BURBERO SCAPOLO

PADRE SINGLE AUTORITARIO
BOOK 3

WILLOW FOX

ALLISON WEST

SLOW BURN PUBLISHING

RIGUARDO A QUESTO LIBRO

Tutti abbiamo avuto quell'appuntamento da incubo, quello che ti fa venir voglia di buttarti dalla banchina davanti a un treno in arrivo.

Il mio è l'affascinante vicino di casa che si è appena trasferito nel palazzo.

È uno scapolo. E mentre è stupendo e piacevole alla vista, la sua bocca dovrebbe restare chiusa a chiave.

È colpa mia. Mi ha invitata a uscire e ho detto sì, non sapendo che fosse un arrogante imbecille.

Mi piacerebbe dire che non lo vedrò mai più, ma la situazione peggiora...

È anche il mio nuovo capo, e io sono la sua assistente. Mi sente mentre prendo in giro le sue "parti intime" con una collega, e giuro che non avevo intenzione di farmi mai più vedere in ufficio.

Perché il Signor Brontolone è il capo più insopportabile di tutti.

Arrogante.

Esigente.

Manipolatore.

Giuro che l'aveva pianificato, presentandosi al bar, facendomi perdere la concentrazione. E poi quella scommessa... Non si poteva più tornare indietro.

Immaginate la mia sorpresa quando ho scoperto che ha un figlio.

Il Signor Brontolone è un padre single. Caspita, mi dispiace per il bambino.

Questa commedia romantica piccante è una storia di nemici che diventano amanti. È un romanzo autoconclusivo, senza tradimenti, senza finale in sospeso e con un lieto fine garantito.

ONE

Elisa

SI CHIAMA WESTON GRUMP. Non sto scherzando, il cognome di quest'uomo è Grump. È divertente, e sembra proprio un brontolone. Ha sempre la mascella tesa e sembra piuttosto serio quando lo incontro nel corridoio.

È il nuovo inquilino del nostro palazzo.

E da quanto ho sentito, è scapolo.

Non ha la fede al dito, e gli ho sorriso, facendo conversazione educata un paio di volte.

Così lui mi ha invitata a bere qualcosa in un bar

poco distante. Dire che sono entusiasta sarebbe un eufemismo. Ma so che è un gioco pericoloso.

Se non dovesse funzionare, ci ritroveremmo comunque a vivere nello stesso edificio.

Che imbarazzo.

È bellissimo e piacevole da guardare, con i suoi capelli scuri e folti e la barba ispida. Ogni volta che lo vedo, indossa sempre un completo. Potrebbe essere un modello professionista. Ma sinceramente non so cosa faccia per vivere.

Mi dirigo al bar, avendo accettato di incontrarlo lì dopo il lavoro. Sono un po' sorpresa che non si sia offerto di venirmi a prendere, dato che siamo vicini di casa, ma non posso biasimarlo. Forse aveva altri impegni prima del nostro appuntamento?

Basta che non fosse un altro appuntamento con qualcun'altra prima.

Ma sono sicura che non sia quel tipo di persona. Solo perché è attraente, non significa che vada a letto con una ragazza diversa ogni sera.

Entro nel bar, ma lui non c'è. Guardo l'orologio. Sono in anticipo di due minuti, non molto, ma ero in ritardo perché mi stavo arricciando i capelli e sistemando il trucco.

Prendo posto al bancone, mettendo il cappotto sullo sgabello accanto a me per riservare un posto a Weston. Ordino un martini e consegno la mia carta di credito per aprire un conto.

Wes si affretta a entrare nel bar, guardandosi intorno. Quando mi individua, fa un cenno col capo e si dirige verso il bancone.

Sposto la giacca, offrendogli un posto dove sedersi. Fa un cenno al barista e ordina un rum e Coca. «È bello rivederti, Elisa.» Il suo sguardo scorre lungo il mio vestito. «Stai davvero bene.»

«Grazie, anche tu non sei male,» dico con un sorrisetto.

Prende il bicchiere e beve un sorso, facendomi un cenno. «Da quanto tempo vivi nel nostro palazzo?»

Il modo in cui lo chiama *nostro* palazzo mi manda una calda scossa elettrica lungo la schiena. Mi pettino una ciocca di capelli dietro l'orecchio. «Tre anni,» dico. «Quasi quattro. E tu? Ti sei trasferito da Denver, giusto?»

Accenna un sorriso malizioso. «È corretto, anche se non ricordo di avertelo detto.»

Premo le labbra e allungo la mano verso il mio martini. Le ragazze nel palazzo chiacchierano, soprattutto quando si tratta di un bel ragazzo nuovo che si è trasferito ed è evidentemente single. «Le voci girano in fretta,» dico, e sorseggio il mio drink. Beccata.

«I pettegolezzi non ti porteranno da nessuna parte nella vita,» dice Weston. Il sorriso svanisce dal suo viso mentre guarda il mio drink e poi me. «Hai già cenato?»

Scuoto la testa. «Sono appena uscita dal lavoro. Non vedo l'ora di godermi un lungo weekend prima di dover affrontare il mio nuovo capo.»

Annuisce, ma non dice nulla. Weston beve un altro sorso del suo rum e Cola. «Dovremmo prendere qualcosa da mangiare.» Attraversa il bar verso un tavolo vuoto e aspetta che mi alzi per raggiungerlo.

«Va bene,» dico, e scendo dallo sgabello. Afferro il cappotto e la borsa, portando tutto con me al tavolo.

Weston esamina il menu mentre io torno al bancone

per prendere il mio drink. La cameriera è già al tavolo, pronta a prendere la sua ordinazione.

«Vorremmo un ordine di polpette al formaggio stile Philly, bastoncini di mozzarella, quesadillas, nachos, un bretzel da mezzo chilo e funghi ripieni di carciofi e quinoa.» La cameriera scrive tutto prima di correre via per inserire l'ordine nel computer.

«È molto cibo per una persona,» dico, scivolando nel tavolo e posando il mio drink. Allungo la mano verso il menu per dargli un'occhiata.

«Ho ordinato per entrambi.»

«Non posso mangiare latticini,» dico. La maggior parte di quello che ha ordinato mi farebbe star male. Sei mesi fa, ho avuto un intervento chirurgico d'urgenza e mi è stata rimossa la cistifellea. Da allora, soffro di intolleranza al lattosio.

«Allora immagino che tu possa mangiare il bretzel.»

«O posso trovare qualcosa da mangiare nel menu,» dico, e apro il menu, trovando qualcosa che sembra appetitoso. Faccio un cenno alla cameriera e aggiungo un ordine di alette di pollo.

«Altro?» chiede.

«Questo è tutto per me.»

Weston fissa il suo telefono, stretto nella sua mano. Sembra più interessato al suo smartphone che a me in questo momento. «Prenderò un Flaming Dr. Pepper. Vuoi un altro drink?» Non guarda nemmeno la cameriera.

«Prenderò un altro Martini. Grazie,» dico mentre lei si affretta a inserire il resto del nostro ordine nel sistema.

«Va tutto bene?» chiedo.

«Sì, non è niente.» Si infila il telefono in tasca.

«Lavoro?» azzardo.

«Solo questioni familiari.» Non aggiunge altro. «Hai vissuto nel palazzo per tre anni, hai detto. Immagino che Le piaccia?»

«È bello. Non ho mai avuto problemi con gli altri inquilini.»

«Bene.» I suoi occhi vagano verso il bar, e io mi muovo a disagio mentre fissa una bionda con un altro ragazzo. Stanno bevendo nei posti che abbiamo appena lasciato.

«La conosci?» chiedo.

«Chi?» Weston mi dà uno sguardo sorpreso, ma ho la sensazione che possa essere una sua ex.

Non importa. «Nessuno.» Esalo un sospiro e finisco l'ultimo sorso del mio martini, sollevata quando la cameriera ne porta un secondo al tavolo, giusto in tempo.

———

Ci sono state voci secondo cui il nostro capo, il Produttore Esecutivo e, cosa più importante, responsabile delle acquisizioni, se ne stava andando. Non sono sicura se fosse una scelta volontaria o meno, ma i pettegolezzi si sono diffusi come un incendio.

«Elisa, oh mio Dio, hai tagliato i capelli corti e adoro il nuovo colore. È carino!» Sloane è allegra questa mattina.

«Mi sta bene?» chiedo, preoccupata che non sia venuto bene dopo il disastro dell'appuntamento.

«Certo. Perché?»

Esalo una risata soffocata. «Beh, il mio vicino di casa, e il mio fantastico appuntamento, mi ha dato fuoco ai capelli.»

«Cosa? Non è possibile!»

Vorrei stare scherzando. «Beh, non è stata colpa sua. La cameriera è stata urtata mentre accendeva la fiamma del drink e un attimo dopo, mi sono trovata con la testa sbattuta contro il tavolo e una giacca premuta sulla faccia per spegnere le fiamme. Assolutamente romantico e mortificante,» mormoro.

«Ti sei ustionata?» chiede Sloane, con gli occhi spalancati. Mi osserva attentamente, ma non vede alcuna traccia del fuoco. Questo perché non ce ne sono, tranne i miei capelli, che sono andati in fiamme in pochi secondi.

«No, per fortuna, il mio galante cavaliere ha agito rapidamente e praticamente mi ha picchiata con il suo cappotto.»

«Sembra sexy. Sono contenta che tu stia bene.»

«Grazie, ma non lo è stato affatto. È stato

imbarazzante e semplicemente orribile. Voglio dire, l'appuntamento è passato da pessimo a catastrofico.»

«Aspetta?» La bocca di Sloane si spalanca. «Quello non è stato il momento peggiore?»

«No, probabilmente lo è stato, ma lui continuava a fissare questa bionda, come se avesse voluto stare con lei invece che con me.» Mi mordo il labbro inferiore. «Pessimo appuntamento.»

«Appuntamento infernale,» mi corregge Sloane. «Oh, hai sentito che avremo un nuovo responsabile delle acquisizioni? Si dice che un pezzo grosso proveniente dalla costa Ovest otterrà il ruolo di Produttore Esecutivo e saremo costrette a rispondere a lui.»

«Ho visto John svuotare la sua scrivania venerdì. Hai visto chi hanno assunto?» Continuo a sperare che promuovano qualcuno del nostro team.

«L'ho intravisto quando ha incontrato le risorse umane questa mattina, e lascia che ti dica, ragazza, è un bel vedere.» Le guance di Sloane sono rosse mentre si sventola il viso.

«Davvero? Quando lo incontriamo?» Non che sia entusiasta di avere un nuovo capo, ma riferire direttamente all'amministratore delegato era difficile, dato che non era mai in ufficio. Lavora in un'altra sede, e di solito era il nostro Produttore Esecutivo ad avere contatti diretti con l'amministratore delegato.

«Adesso,» dice una voce profonda, e io inspiro bruscamente. «Weston Grump, e non osare commentare il mio cognome.»

La mia lingua scorre sul labbro superiore. Da quanto tempo era rimasto nel corridoio? Quanto aveva sentito?

«Signor Grump,» dico, alzandomi e porgendogli la mano per presentarmi correttamente. «Elisa Emerson, sono la Sua redattrice per le acquisizioni.»

«Fantastico,» dice, fissandomi, incrociando lo sguardo, e l'aria sembra venir risucchiata dalla stanza.

«Sono Sloane Michaels,» dice la mia collega, alzandosi per presentarsi.

«Piacere di conoscerti, signorina Michaels,» dice Weston.

«Mi chiami pure Sloane. Siamo tutti abbastanza informali qui.»

Sono contenta che Sloane stia parlando, perché, al momento, la mia bocca è secca come un cactus. Weston mi ha riconosciuta? L'ultima volta che mi ha vista venerdì sera, i miei capelli erano lunghi, biondi e in fiamme.

Dopo quel disastro, sono scappata e sono tornata a casa, giurando di non rivederlo mai più.

Sabato, ho fissato un appuntamento d'emergenza dalla parrucchiera. Le ho fatto sistemare il disastro e, durante il taglio, abbiamo anche fatto un cambio di colore completo. Con la mia pelle pallida, sembro un po' gotica per i miei gusti, ma non mi interessa. Sono grata per il cambiamento.

È possibile che Weston non sappia che sono la ragazza di venerdì sera? Non l'ha dato a vedere, a parte il lungo sguardo. Forse pensa che io gli sia familiare? Mi attaccherò a questa idea. Ma Elisa è u nome comune...credo.

«Signorina Emerson, Le suggerisco di prendere carta e penna. Nel mio ufficio. Dieci minuti.» Si gira e si dirige verso il suo ufficio privato.

«Secondo te cosa vuole?» chiede Sloane, alzando le sopracciglia in modo suggestivo.

«Smettila,» sibilo, fulminandola con lo sguardo. Non ho il coraggio di dirle che *lui* era il mio pessimo appuntamento. «È il nostro capo.»

«Ed è sexy da morire. Ragazza, lasciami fantasticare, almeno finché non inizia a darci ordini a destra e a manca.»

«Sai che lo farà,» dico. «Con un cognome come Grump, è inevitabile.» Non le dico quanto sia stato un appuntamento orribile. E mentre il fatto di avermi dato fuoco ai capelli non è stata colpa sua, il suo continuo sbirciare la bionda e controllare il telefono è stata tutta responsabilità sua.

Immagino che abbia una predilezione per le bionde. È una fortuna che io non sia più il suo tipo.

La risata di Sloane rimbalza sulle pareti aperte. «Ragazza, riprenditi.» I miei occhi si spalancano, e temo che il signor Grump possa uscire per vedere di cosa si tratta tutto questo trambusto. Non c'è possibilità che lo mettiamo a conoscenza delle nostre battute.

Anche se in un certo senso sembra che lo scherzo sia su di me, per essere uscita con lui.

Lo attribuisco all'esperienza e alle pessime app di incontri. Devi baciare un sacco di ranocchi per incontrare il tuo principe. E Weston Grump è al cento per cento un ranocchio. Voglio dire, è bello da guardare, ha un corpo splendido, e quel sorriso, quando lo offre, fa battere il mio cuore, e mi fa venire quei brividi formicolanti che mi fanno arrossire. Ma è comunque un brontolone.

Prendo una penna dalla mia scrivania e un bloc-notes bianco per annotare qualsiasi cosa il signor Grump voglia discutere. Mi dirigo verso il suo ufficio e busso fermamente prima di entrare.

«Avanti,» dice, e io entro nel suo ufficio. «Chiudi la porta dietro di te.»

Inspiro nervosamente e cerco di non fargli vedere che la mia mano trema. «Voleva vedermi, signor Grump.»

«Ho detto di chiamarmi Weston.» Alza lo sguardo dalla scrivania, per niente divertito. «Siediti.» Indica la sedia vuota di fronte alla sua scrivania.

«Sì, signore.» Seguo le sue istruzioni. Non è un grosso problema, che lui mi faccia sedere nel suo ufficio. Sono sicura che dovrò starer parecchio con lui se dovrò lavorare alle sue dipendenze. A meno che non si renda conto che odia stare qui, e c'è la possibilità che se ne vada, e vada a lavorare da qualche altra parte?

«Da quanto tempo lavori per l'azienda, signorina Emerson?» chiede, rispettando la mia richiesta di essere chiamata per cognome.

«Sette anni, signore.»

«E in tutto questo tempo, hai mai incontrato l'amministratore delegato?»

Inspiro bruscamente. «No.» La mia fronte si aggrotta. A cosa mirano queste domande?

«Penna. Carta?»

«Proprio qui,» dico, battendo la penna senza cappuccio sul foglio bianco. «Hai un incontro, signore? Hai accennato che avrei dovuto prendere appunti.»

«Quella è un'ipotesi che hai fatto tu, prendere appunti. Ho bisogno che redigi una proposta che sarà distribuita a tutta l'azienda e poi al nostro ufficio PR.»

«Va bene,» dico, incerta su ciò che dovrò scrivere.

«L'amministratore delegato di Blazing Media, mio padre, è deceduto ieri notte. Ho preso il controllo dell'azienda secondo i termini del suo testamento.» Weston mi fissa. «Perché non stai scrivendo?»

«Oh, giusto. Chiedo scusa, signor Grump.» Prendo nota delle informazioni che Weston mi fornisce, che non sono molte.

«Con la scomparsa di mio padre e la sua assenza dalla casa di produzione, io sono il nuovo amministratore delegato.» I suoi occhi si restringono. «Cancella questo. Metti qualcosa del tipo: in questa circostanza imprevista, il signor Weston Grump è stato nominato nuovo amministratore delegato. Sebbene ci saranno cambiamenti nel prossimo futuro, tutti possono stare certi che Blazing Media continuerà a produrre film romantici nel prevedibile futuro.»

Annoto il più possibile, ma il polso mi fa male, e il signor Grump sembra non accorgersene.

«Mi dispiace per la perdita di tuo padre,» dico.

«Risparmia le condoglianze, signorina Emerson. I tuoi tentativi di adulazione non ti saranno di alcun aiuto qui.» C'è una durezza che risuona in lui, ma voglio credere che sia perché è in lutto e suo padre è appena morto inaspettatamente. «Ho bisogno di una bozza battuta a macchina sulla mia scrivania entro un'ora.»

Non è una domanda. «Certamente, mi ci metto subito,» dico.

Mi fissa. «Sei congedata.»

La mia mascella cade. «Ho una domanda, signor Grump.»

Le sue narici si dilatano. «Spero che sarai in grado di seguire meglio le indicazioni quando scrivi, perché le tue capacità di ascolto sono decisamente carenti. È Weston. Chiamami Weston.» La sua mascella è serrata mentre mi fissa. Quando si rende conto che non sto lasciando il suo ufficio, mi fa cenno di parlare. «Prego, continua.»

«Assumerai un sostituto per la posizione di Produttore Esecutivo? Sloane ed io pensavamo che fossi tu a ricorprire quel ruolo,» dico, rimettendo il cappuccio sulla penna.

«No, saremo in blocco delle assunzioni per i prossimi mesi mentre esamino i libri contabili e la nostra redditività per vedere cosa funziona e cosa no qui dentro. Mio padre, tecnicamente patrigno, non era molto presente in azienda. Intendo cambiare questo d'ora in avanti.»

Il signor Grump si alza e si dirige verso la porta dell'ufficio, aprendola.

«Riferirai direttamente a me, signorina Emerson. Mi aspetto quella lettera sulla mia scrivania tra cinquantacinque minuti.»

«Sì, signore.»

Mi affretto fuori dal suo ufficio e torno alla mia scrivania. In pochi minuti, sto già battendo sulla tastiera.

«Allora, novità?» chiede Sloane.

«Vuole che rediga un memo per tutta l'azienda,» dico.

«Qualcosa di succoso?»

«Ti do un indizio: non è il Produttore Esecutivo.»

I suoi occhi si spalancano. «Pazzesco. Chi è? Qual è il suo ruolo?»

Clicco sui tasti del computer, cercando con tutte le mie forze di finire il memo in anticipo. Non che il signor Grump mi abbia dato molto tempo per completare l'e-mail.

«Dovrai aspettare,» dico, non pronta a rivelare i suoi segreti. Lo scoprirà quando invierà l'e-mail a tutti i dipendenti.

Sloane fissa il suo ufficio come se lo stesse immaginando nudo o qualcosa del genere. Giuro che sta sbavando ed è ossessionata da lui. «È sexy. Si sa se è sposato?»

Sarebbe proprio la mia fortuna. Lo scapolo dell'appartamento 4B non è in realtà uno scapolo. Non sarebbe la prima volta che vengo ingannata. Ma non ho visto segni di una moglie o fidanzata. Niente anello tanto per cominciare, e il suo ufficio è piuttosto spoglio di fotografie. Ma è solo il suo primo giorno.

«Non credo che lo sia, ma è off-limits. Fidati,» dico senza approfondire.

«Ovviamente, Elisa. È il nostro capo. Ma giuro che potrebbe fare il modello di intimo.»

«Fidati. Non ne vale la pena. I belloni pensano tutti di essere chissà chi. Il signor Grump sarà anche da sogno, ma sono sicura che a letto il suo coso è minuscolo e non riesce nemmeno a farlo alzare. Probabilmente tiene un cetriolo là dentro, così le ragazze pensano che abbia un cazzo gigante, ma in realtà è come uno di quei mini cetriolini.»

Una voce profonda e pesante si schiarisce la gola. «Elisa, nel mio ufficio, ora!» mi sgrida.

Sloane scoppia a ridere, e io le lancio la penna. Lei schiva il missile, sorridendomi come se fosse orgogliosa che io sia stata chiamata nell'ufficio del preside.

Cazzo.

Sto per essere licenziata?

Porto il mio laptop con me, prendendolo dalla base. Se il signor Grump richiede che io prenda altri appunti, sarà più facile farlo con il laptop.

Mi fa entrare per prima nel suo ufficio, poi sbatte bruscamente la porta dietro di sé.

Inspiro bruscamente, e c'è un brivido nell'aria. Le mie braccia sono coperte di pelle d'oca.

«Ti sembra appropriato parlare delle mie parti intime con un altro membro dello staff?»

«Non so di cosa stai parlando,» dico, cercando di inventare qualsiasi scusa per sfuggire a questo nuovo tipo di inferno in cui mi sono ritrovata coinvolta.

Ma non c'è via d'uscita. Mi sono messa da sola in questa situazione e ora dovrò pagarne le conseguenze.

TWO

Weston

PENSAVO che il weekend fosse stato tremendo. Non mi aspettavo che il lunedì sarebbe stato peggio. Dopo aver appreso della morte del mio patrigno e aver avuto a che fare con l'avvocato durante il fine settimana, mi presento alla Blazing Media alle prime ore del lunedì mattina.

Il team delle risorse umane mi stava aspettando, ma solo un piccolo gruppo di persone è al corrente della situazione, del fatto che ora sono l'amministratore delegato.

Non è che non conosca l'azienda. Ho lavorato sotto il mio patrigno, aiutandolo, da dieci anni. Negli ultimi tempi, aveva sofferto di alcuni problemi di memoria, e io ho dovuto fare la maggior parte del suo lavoro mentre lui si prendeva il merito.

Ecco perché non era mai in ufficio.

E per me ha funzionato bene per gran parte degli ultimi due anni, lavorando da casa sua mentre avevo un figlio di cui occuparmi.

Al momento, mio figlio di tre anni è all'asilo dall'altra parte della città, più vicino a dove vivevo prima. Sto affittando un appartamento con due camere da letto in un condominio mentre la mia casa è in fase di ristrutturazione. Far cambiare scuola materna a Tyler non sarebbe l'ideale, soprattutto se torneremo nella casa intorno o poco dopo Natale.

A quanto pare, la vecchia proprietà aveva vernice al piombo sui muri e rivestimenti e tetti in amianto. Se l'avessi saputo, avrei fatto le ristrutturazioni prima.

E se non sono entusiasta di traslocare, anche temporaneamente, perché Tyler ha bisogno di stabilità nella sua vita, non voglio nemmeno mettere a rischio la sua salute. È già così fragile.

Tyler è tutto per me. Mai nella mia vita avrei immaginato di avere figli. Di certo non avevo pianificato niente di tutto questo, e farei qualsiasi cosa necessaria per tenerlo al sicuro.

E questo di solito significa appuntamenti occasionali e non portare mai ragazze a casa. Raramente dico di essere padre. Non significa che non sia orgoglioso di mio figlio. È semplicemente un fatto privato. Inoltre, sono un miliardario. Non voglio che qualcuno si faccia l'idea folle di poter rapire mio figlio per chiedere un riscatto.

Ho visto i film. E sì, ho un sacco di sicurezza di prim'ordine a casa mia. Il condominio che sto affittando è un'altra storia. Quindi, devo mantenere un basso profilo per proteggere il mio bambino.

Avrei anche dovuto tenere a freno il mio cazzo quando ho visto la graziosa bionda della porta accanto.

Invece, sono io quello tormentato dall'unico pessimo appuntamento a cui sono andato venerdì sera. Come diavolo ha fatto Elisa a incendiarsi i capelli?

Non era il primo Flaming Dr. Pepper che avevo ordinato, e forse quello è stato un errore. Non mio, ma la cameriera era diventata troppo sicura di sé e si era dimenticata di spegnere lo shot prima di gettarlo nel bicchiere di birra.

E proprio mentre lo faceva, qualche imbecille ha aperto una porta così forte da muovere l'aria e far finire le splendide ciocche bionde di Elisa tra le fiamme.

Non credo che berrò mai più.

Beh, nulla che sia infiammato, intendo.

Non riesco ancora a togliermi dalla mente quell'immagine terrificante. L'ho avvolta con la mia giacca, spegnendo le fiamme rapidamente come si erano accese.

Il viso e la pelle erano illesi, ma i suoi lunghi capelli erano bruciacchiati. Elisa ha detto di dover andare in bagno, ma deve essere sgattaiolata fuori dalla porta sul retro, perché non è più tornata al tavolo.

Che maledetto incubo.

Oh, ed è andata ancora peggio in realtà. La mia ex ragazza stava prendendo da bere al bar. E non era con il suo nuovo marito. Proprio quando pensavo di averla finalmente superata.

Per coronare il mio spettacolare lunedì, Elisa è una dipendente della Blazing Media, e sono entrato mentre parlava del mio cazzo con un'altra ragazza dello staff.

Ma che diavolo...?

La mia vita potrebbe diventare ancora più complicata?

Mi passo una mano tra i capelli e sto cercando di non perdere la calma, perché sto per esplodere. «È una tua abitudine parlare del cazzo del tuo capo con altri dipendenti?» Punto lo sguardo su di lei.

I suoi occhi azzurro chiaro sbattono verso di me sotto le sue spesse ciglia scure. È un contrasto così netto con i suoi capelli corvini.

Dopo che il fuoco ha danneggiato i suoi capelli, è passata dall'avere i capelli lunghi fino a metà schiena a un taglio corto sopra le spalle. Ma invece di biondi, i suoi capelli sono ora tinti di nero corvino. Il gotico non è il suo stile, ma mi mordo la lingua, sapendo che è meglio non commentare l'acconciatura di una donna.

«No, signore» dice Elisa. «È stato completamente fuori luogo.»

«Maledettamente giusto» ringhio. «Hai raccontato a Sloane i pettegolezzi di venerdì sera?»

Si morde il labbro inferiore.

Colpevole senza dubbio.

Merda.

Sospiro. «Devo informare le risorse umane di quanto accaduto prima che lavorassimo insieme?»

Si affretta a scuotere la testa. «No, non è necessario. Abbiamo avuto un pessimo appuntamento. Entrambi sappiamo che non succederà mai più.»

«Bene» dico, felice che sia sulla stessa lunghezza d'onda. Non apprezzo essere abbandonato durante un appuntamento. Anche se non ero al massimo della forma, non sono stato io a darle fuoco ai capelli. Non doveva scappare dalla porta sul retro. L'avrei accompagnata a casa se avesse voluto andarsene. So essere un gentiluomo quando la situazione lo richiede.

Lei esala un respiro tremante. «C'è altro? Ho quasi finito la bozza che hai richiesto.» Il suo computer portatile è stretto nelle sue mani.

«Siediti.» Indico la sedia. «Fammi vedere cosa hai fatto.»

Non sono un mostro, contrariamente a quanto la gente creda. Tuttavia, sono concentrato come un laser e ottengo sempre ciò che voglio.

Elisa apre il suo laptop e rivede con me la lettera che ha compilato. Faccio alcuni suggerimenti e modifiche, prima di farmi inviare la versione finale via e-mail, che poi manderò a tutti i membri dello staff.

«C'è altro?» chiede Elisa, anche se è ovvio che lo fa più per necessità che per desiderio. Vuole correre alla sua scrivania e allontanarsi da me il più possibile.

«Sì, diventerai la mia assistente esecutiva oltre alle tue responsabilità nel settore acquisizioni.»

«Cosa? Non c'è qualcun altro più qualificato per quel ruolo?»

Non ha torto. Non è che la sua esperienza sia limitata o carente. È più una questione di pericolosità nel lavorare fianco a fianco. Non che finiremo a letto insieme. Molto più probabilmente uno di noi finirà morto.

Mi sforzo di sorridere. I miei occhi si increspano mentre incrocio le braccia sul petto.

Il suo portatile è sulla mia scrivania, e cerco di sembrare come se non fossi entusiasta di averla come mia assistente esecutiva, di tenerla sulle spine e di farla rispondere direttamente a me. C'è qualcosa di profondamente soddisfacente nel pareggiare i conti con la donna che è scappata durante un appuntamento.

Era la prima volta che faceva qualcosa di così maleducato, o è un'abitudine? Quando non si diverte, se ne va sempre così?

Devo preoccuparmi che cerchi un altro lavoro?

«Poiché c'è un blocco delle assunzioni perché non intendo assumere un nuovo Produttore Esecutivo, sono disposto a offrirti un aumento di stipendio del venti percento per lavorare direttamente sotto di me. Avrai responsabilità aggiuntive, ma posso assicurarti che la maggior parte del tuo lavoro continuerà a essere nel dipartimento acquisizioni.»

«E se rifiutassi?»

«Non lo farai,» dico con un po' troppa sicurezza. «In ogni caso, signorina Emerson, lavorerai per me.»

La sua lingua rosa guizza verso il lato del labbro, mentre contempla la mia offerta. «Posso pensarci?»

«Hai ventiquattro ore.»

Avrei dovuto offrirle più soldi per farle da assistente esecutiva? Odio ammetterlo, ma non so nemmeno quanto guadagni, e non ho intenzione di chiederglielo. Andrò alle Risorse Umane più tardi e farò qualche indagine per vedere se la mia offerta del venti percento fosse abbastanza buona.

«C'è altro?» chiede. È ovvio che non vuole stare nella stessa stanza con me; riesce a malapena a guardarmi negli occhi.

Considero di menzionare la nostra serata, la sua fuga, ma ci ripenso. Non è il momento di mostrarmi risentito per come mi ha trattato. Ci sono molte donne single a Manhattan. Inoltre, frequentare una collega e, peggio ancora, una dipendente, non sarebbe opportuno. E poi ora sono l'amministratore delegato e non più solo un dipendente. No. Non corteggerò la signorina Emerson.

«Dipende. Hai intenzione di essere d'aiuto? O correrai in bagno lasciandomi da solo con tutto il resto, compreso il conto?»

Per la cronaca, non avevo intenzione di dire quelle parole. Avevo giurato a me stesso che non l'avrei fatto e poi mi escono involontariamente perché lei mi fa ribollire dentro. Solo guardarla suscita emozioni che non dovrei provare.

La sua bocca si apre e i suoi occhi si spalancano. «Questo è altamente inappropriato,» dice Elisa. E ha ragione.

Ma non m'importa.

Ho già superato il limite. L'ho tirato fuori io, e ora è troppo tardi per rimediare al danno. «Di solito non mi dispiacerebbe pagare per drink, cena, una serata con una bella donna, ma che lei scappi dalla porta sul retro mentre va in bagno è un po' infantile, persino per te, Elisa.»

«È signorina Emerson,» mi corregge.

Perché fermarsi ora?

Sono in piena invettiva e non riesco a controllarmi.

Mi avvicino, il mio sguardo percorre il suo corpo per poi tornare al suo viso. «Il nero non ti dona, signorina Emerson,» dico.

«Il mio vestito?» chiede, e abbassa lo sguardo su quello che indossa, ovviamente sconcertata dalla mia sfrontatezza.

«I capelli.» Non sono un idiota: commentare i capelli di una donna, specialmente se non ti piacciono, è di cattivo gusto. Ma non merita un po' di durezza e di rimprovero? Se vuole lavorare alla Blazing Media, deve farsi la spina dorsale. Non apprezzo le donne che scappano dagli appuntamenti.

Sbuffa al mio commento, poi sbatte il coperchio del suo portatile. «Basta così: mi licenzio!» Elisa si alza ed è diversi centimetri più bassa di me.

Se sta cercando di sembrare dura o di fare scena, non funziona.

«Bene, troverò un'altra assistente esecutiva. Qualcuno che può prendere ordini e fare come gli viene detto. E che non scapperà dalla porta sul retro quando le cose si fanno difficili.» Non sono sicuro se sto parlando solo di un'assistente o di un appuntamento, ormai.

Quando quei confini sono diventati così maledettamente confusi?

Le sue guance sono rosse. È l'unico colore vivace su di lei, a parte i suoi occhi, che hanno assunto una tonalità più scura di blu. Il vestito nero e il taglio di capelli la farebbero facilmente confondere con il mio ufficio se le luci fossero spente e le persiane chiuse.

Ma non lo sono. Le aspre luci fluorescenti del soffitto rendono Elisa incredibilmente pallida e sbiadita con la forte tonalità nera che la circonda. Il sole esterno inonda l'ufficio, brillando intensamente.

«Sei incorreggibile!» mi urla contro, poi afferra il suo portatile sotto il braccio e si precipita verso la porta.

«Sempre in fuga, *signorina Emerson*,» dico, anche io in piedi e molto più alto di lei. «È tutto ciò che sai fare?»

Si gira di scatto e mi colpisce con un bel gancio destro.

«Cazzo,» mormoro, tenendomi la mascella. Il mio occhio ha un tic, e ringhio mentre lei spalanca la porta e se ne va furiosa dal mio ufficio.

Forse sono andato un po' troppo oltre.

THREE

Elisa

«CHE CAPO BASTARDO!» Non posso trattenere l'ondata di rabbia che mi attraversa mentre afferro una scatola per l'archivio, getto il contenuto sul pavimento e ci infilo dentro tutte le cose della mia scrivania.

«Cosa è successo?» chiede Sloane, incredula, con gli occhi spalancati e la mascella praticamente sul pavimento.

«Non posso lavorare per lui, Sloane.»

«Non può essere così terribile. Cosa è successo?» chiede, lanciando un'occhiata in direzione del suo ufficio quando lui esce a passo pesante come un Bigfoot. «Più tardi drink, offro io.» Sloane riporta la sua sedia alla scrivania, facendo attenzione a sembrare occupata quando il signor Brontolone si avvicina alla mia scrivania.

Sloane è seduta a pochi metri di distanza e può sentire tutto nel nostro ufficio open space. Siamo vicine.

L'ironia non mi sfugge, e continuo a impacchettare le ultime cose nella scatola, evitando lo sguardo infuocato del capo.

«Elisa, dobbiamo parlare.»

«Non ho niente da dirti.» Sono sorpresa che non abbia suggerito di sporgere denuncia per aggressione, anche se forse lo farà. O almeno un ordine restrittivo.

Non posso nemmeno evitarlo, perché vive nel mio palazzo.

Forse dovrei trasferirmi.

Anche se è quel Brontolone ad essere il nuovo inquilino. Dovrebbe essere lui ad andarsene, ma dubito che lo farà. Quell'uomo probabilmente ottiene tutto ciò che vuole, servito su un piatto d'argento. Si crede la regina d'Inghilterra.

Che stronzo!

Prendo la scatola, indosso il cappotto e mi dirigo verso l'ascensore, ignorando gli sguardi di tutti. L'e-mail che annuncia che è l'amministratore delegato non è ancora stata inviata. Immagino la sorpresa quando tutti scopriranno che non è solo il nuovo produttore esecutivo, è il fottuto capo di questa casa di produzione.

Che cominci l'implosione.

Non mi guardo alle spalle. Non so cosa mi aspetto che faccia. Corrermi dietro? Sì, certo. Questa non è una storia d'amore. Non è il mio principe o cavaliere dall'armatura scintillante. È il capo più stronzo che abbia mai incontrato.

Per fortuna, non dovrò più lavorare per lui un altro giorno della mia vita.

Premo il pulsante dell'ascensore, desiderando che arrivi in fretta.

«Dovresti smettere di aggredire il mio ufficio,» dice il

signor Brontolone. Percepisco la sua presenza non appena lo sento.

È stato silenzioso nell'avvicinarsi, ma ora è lì con sguardo scuro, che svetta su di me. Sta cercando di farmi sentire piccola e insignificante? Mi sento già uno schifo. Non bastava averlo colpito, ora deve anche perseguitarmi fino alla macchina?

«Sarebbe saggio se ti allontanassi,» lo avverto.

Le porte dell'ascensore si aprono ma non abbastanza veloci. Mi affretto dentro la cabina dell'ascensore, e lui si sporge, premendo il pulsante per il garage. Non entra nell'ascensore.

«Il tuo badge sarà disattivato non appena lascerai il garage.»

«Va bene.» Scrollo le spalle come se non importasse. «Nel caso non l'avessi capito, mi sto licenziando, signor Brontolone. Non tornerò nel tuo ufficio, e giuro, se mi contatti nel mio appartamento...»

«Farai cosa?» sibila, squadrandomi. Come se fossi troppo piccola per rappresentare un vero pericolo per lui.

«Chiederò un ordine restrittivo!» esclamo.

Ride cupamente. «Sul serio? Mi hai preso a pugni, e vuoi pure un ordine restrittivo nei miei confronti. Davvero originale, *cara*,» commenta con tono mellifluo.

Premo il pulsante per chiudere la porta dell'ascensore e sono sollevata quando finalmente si chiude. Peccato non sulla sua faccia.

Vorrei urlare. Gridare. Prendere a pugni l'ascensore, ma a cosa servirebbe?

Weston Grump non sarà più una spina nel fianco. Mi dirigo verso la mia auto, apro il bagagliaio e ci metto dentro la scatola. Mi affretto verso il sedile anteriore, salgo e mi precipito fuori dal garage. Non voglio un altro incontro con il Brontolone. Anche se è altrettanto probabile che lo veda nel palazzo dove vivo.

———

«Non potevo sopportare quel Grump, così me ne sono andata il suo primo giorno come amministratore delegato,» dico. Clare e io ci siamo conosciute alcuni mesi fa quando sono andata a una conferenza su dei libri. Lei era lì per il suo amore per la lettura. Io ero lì per individuare talenti e trovare il prossimo grande libro da trasformare in film. Clare è una tata e presto diventerà madre di questa dolce bambina, Amelia.

«Oh mio Dio!» esclama Clare. «E hai detto che l'hai preso a pugni?»

«Cosa?» Sloane resta a bocca aperta. Siamo noi tre a prendere un drink per festeggiare la mia libertà. Mi dispiace per Sloane, che deve sopportare le sue stranezze, ma almeno lei non ha cercato di uscirci.

Immagino che Sloane si sia persa quella parte della storia. Avevo chiamato Clare per dirle che avevo preso a pugni il mio nuovo capo, che guarda caso era anche il mio appuntamento disastroso della settimana prima, e se poteva venire a bere qualcosa perché avevo bisogno di sfogarmi.

«Sì, potrei avergli dato un pugno alla mascella quando ha tirato fuori l'appuntamento infernale. E sai una cosa, non si è scusato per i miei capelli che hanno preso fuoco, o per il modo in cui continuava a guardare la bionda, o a fissare il telefono. No. Era arrabbiato perché l'ho piantato in asso e gli ho fatto pagare il conto. Che spettava comunque a lui, dato che io non ho toccato il cibo e lui ha ordinato per il tavolo.»

«Tavolo...nel senso che eravate più di due a quell'appuntamento?» chiede Clare, cercando di capire.

«No, eravamo solo noi. Ma lui ha cercato di ordinare per me. Chi si comporta in questo modo?» chiedo.

Clare sorride. «Io trovo piuttosto sexy quando un uomo ordina per me.»

«Al primo appuntamento?» chiedo. «È prepotente e presuntuoso. Come fa a sapere che non sono vegana? Ha ordinato così tanto formaggio. Oh mio Dio, non ho potuto nemmeno mangiare il cibo che ha ordinato.»

Sloane beve un lungo sorso dal suo daiquiri. «Sembra complicato. E a proposito, hai lasciato Weston di pessimo umore quando ti sei licenziata. Per tutto il giorno, si è trascinato in giro ed è stato impossibile da placare.»

«È sempre così, ne sono sicura. Ecco perché il suo cognome è Grump!»

«Non lo è,» dice Clare, scoppiando a ridere. «Oh mio Dio, meno male che il cognome di Levi non è Grump. Non potrei sopportarlo, diventare la signora Grump. Assolutamente no!»

Sorrido, felice di parlare di qualsiasi altra cosa dopo il mio sfogo. «Il grande giorno si avvicina. Sei emozionata?» Le prendo la mano, ammirando l'anello di fidanzamento che Levi le ha messo al dito. Lui è a capo della catena di hotel Luxenberg e possiede la Luxenberg Enterprises. È anche incredibilmente ricco.

«Un po' nervosa,» confessa Clare, «ma lo amo, e sono entusiasta di diventare la madre di Amelia. Cioè, so che sarò la sua matrigna, ma è comunque una cosa importante. Levi mi sta facendo firmare documenti legali per garantire che, se gli dovesse succedere qualcosa, io sia responsabile delle sue cure.»

«Deve fidarsi davvero di te,» dice Sloane, sorseggiando la sua bevanda ghiacciata.

Do una gomitata a Sloane. «Certo che si fida di le! Stanno per sposarsi, e lei è la tata di Amelia. Insomma, perché non dovrebbe?» ivolgendomi a Clare, aggiungo: «Sei fantastica con i bambini. Se avessi dei figli, li affiderei a te.»

«Quando sarà il matrimonio?» chiede Sloane.

«Fra un paio di settimane. E questo mi ricorda... hai il tuo vestito?» chiede Clare. Mi ha chiesto di fare da damigella al suo matrimonio. Stanno pianificando qualcosa di intimo nella baita che hanno appena acquistato, il che sembra ironico per un miliardario. Ma è ciò che Clare desidera, niente di appariscente, e ho l'impressione che anche Levi lo preferisca così.

«Sì, ce l'ho, ma non posso credere che farete un matrimonio all'aperto in inverno!» esclamo.

«Sei pazza?» chiede Sloane. «Qui, a New York?»

«Faremo una cerimonia molto rapida all'esterno. Ci saranno stufe da esterno, quelle torce portatili a propano, per aiutare a tenere tutti al caldo durante i nostri voti. Il ricevimento sarà all'interno, e oh mio Dio, non vi ho raccontato del *mio* vestito,» dice Clare.

«No, non l'hai fatto.» Sono ancora sorpresa che mi abbia inclusa tra gli invitati. Siamo amiche solo da pochi mesi, ma non potevo dire di no.

«È nero.»

«Hai un abito da sposa nero?» Sloane è stupefatta.

Rido e annuisco. «Clare... non è molto tradizionale.»

«Nemmeno Levi, il che è perfetto,» dice lei. «Per lui va bene qualsiasi cosa io voglia, anche se non gli ho fatto vedere il vestito. Porterebbe sfortuna. Inoltre, ho già fatto il matrimonio in grande e con l'abito bianco, e non ha funzionato.»

«Non sapevo che fossi stata sposata prima,» dico.

Clare fa un gesto con la mano, liquidando la questione. «Lunga storia. Era uno stronzo narcisista che controllava ogni aspetto della mia vita. Da cosa indossavo a chi potevo frequentare. È stato allora che ho conosciuto Levi, quando sono venuta a New York dopo che il mio divorzio è stato finalizzato. Avevo bisogno di un posto dove stare, c'è stato un equivoco e ho un po' insinuato che avesse rapito sua figlia.»

«Non ci credo!» esclama Sloane.

«Beh, Amelia aveva detto che non era suo padre. Ero un po' brilla e, insomma, si erano appena conosciuti quindi lei era un po' confusa sulla situazione, e il resto è storia!» Finisce il suo analcolico e ne ordina un altro.

«Sei incinta?» chiedo. Clare è bellissima e piena di curve. Non sembra che stia mostrando segni di gravidanza, ma il fatto che non stia bevendo alcolici durante una serata tra ragazze al bar mi fa interrogare sulle sue ragioni.

«No,» dice Clare con una risata. «Ma ci stiamo provando. Ci proviamo da un po'. E sono in ovulazione, quindi non voglio avere alcol nel sangue nel caso provassimo a concepire stanotte.»

«Sei una svergognata,» la prendo in giro. «A letto con un uomo che sta per sposarsi!»

«Il mio fidanzato.» Clare ridacchia. «Oh mio Dio, non dirmi che ti stai riservando per il tuo giorno di nozze perché...»

Sloane la interrompe. «Il signor Grump è appena entrato.»

«Non ci credo!» Gli occhi di Clare si spalancano, e rivolge la sua attenzione alla porta. «Quale?»

Per una ragazza completamente sobria, è comunque molto rumorosa. Tuttavia, il bar è piuttosto affollato e chiassoso. Qualcuno ha recentemente alzato la musica, il che ha costretto tutti ad urlare più forte se volevano parlare.

«Il bel tipo con camicia bianca e cravatta nera.

Capelli neri folti,» Sloane fa un cenno verso di lui, senza indicarlo platealmente.

Lo sguardo di Clare si posa direttamente su Weston. «Accidenti, è sexy. Voglio dire, non è sexy come *il mio* fidanzato, ma cavolo. Potrebbe essere un vero stallone italiano tra le lenzuola.»

«O un brontolone del cavolo,» intervengo, e distolgo lo sguardo. Non voglio che mi veda. «Possiamo scambiarci i posti?» chiedo, volendo che mi facciano da scudo alla sua vista.

«Non può essere così terribile, no?» osserva Clare.

«No, lo è,» dice Sloane. «È stato tremendo dopo che te ne sei andata. Pretendeva che un carico di lavoro assurdo fosse completato entro un'ora. Mi ha dato sei nuovi progetti da fare oltre al carico di lavoro regolare, che è già folle. Come se non capisse che spesso è necessaria della ricerca prima. Metà del personale dell'ufficio si è licenziata.»

«Non ci credo,» esclamo, coprendomi le labbra.

«Vorrei farlo anche io, ma non posso permettermi di andarmene,» dice Sloane.

«Sì, nemmeno io.» Finisco il mio martini, e sebbene ne vorrei un altro, non voglio rischiare di avvicinarmi al bancone e ritrovarmi faccia a faccia con il signor Grump. «Devo trovare un altro lavoro, e in fretta.»

«Lo troverai,» dice Clare. «Posso parlare con Levi e vedere quali posizioni abbiamo disponibili.»

«È gentile da parte tua. Prima proverò a candidarmi presso altre case editoriali. Se non funzionasse, potrei accettare la tua offerta,» dico. Mi piace lavorare nelle acquisizioni, specificamente nella letteratura romantica. Il marketing alberghiero non sembra altrettanto energico e stimolante, ma onestamente, prenderò qualsiasi cosa sia necessaria per pagare le bollette.

Comunque, ho da parte un paio di mesi di stipendio, quindi posso provare a candidarmi ad altre posizioni e se non funzionasse, potrei tornare da Clare per chiedere aiuto.

«In caso, to basterà farmi sapere. Non essere timida,» dice Clare.

«Questa ragazza... timida?» Sloane ridacchia e mi

indica. «Neanche per sogno. Ha discusso con il capo. Sei sicura di volerla far lavorare per il tuo fidanzato?»

Do una pacca sul braccio di Sloane. «Sei terribile!»

«Sto solo scherzando, giuro. Meriti di trovare un lavoro con un capo che ti adora, ti venera e ti paga quanto meriti,» dice Sloane. «Seriamente, sono contenta che tu abbia lasciato quando l'hai fatto.»

«Perché?» chiedo.

«Perché ha fatto capire a tutti quanto sia terribile come capo, e continuo a sperare che si dimetta o assuma qualcun altro per gestire l'azienda e che non sia così presente, come faceva suo padre quando dirigeva la casa di produzione,» dice Sloane.

«È troppo stronzo per farsi da parte e lasciare che qualcun altro gestisca l'azienda.» Passo il dito sul mio bicchiere di martini vuoto.

«Vuoi che ti prenda un altro drink?» chiede Clare. «Stai evitando il bar a causa sua, vero?»

Odio quanto facilmente riesca a capirmi. «Sì,» dico con una risata, fissando il tavolo. «Non dovrebbe importarmi, dovrei andare dritta da lui e dirgli di andare a farsi fottere.»

«L'hai già fatto, più o meno, in ufficio,» dice Sloane. «Vvi stavano guardando tutti vicino all'ascensore. Era teso e intenso. Facevamo scommesse se ti avrebbe baciata o meno.»

«Cosa? Sei pazza.»

«Non ho mai visto una chimica del genere prima,» dice Sloane. «Era selvaggia e travolgente.» Si fa aria con la mano.

«È uno stronzo, seriamente, non vale la pena. Anche se è bellissimo,» mormoro.

«Okay, allora secondo giro,» dice Clare, e scende dal nostro tavolo per dirigersi al bar e ordinare un altro giro di drink per noi tre.

«L'aiuto a portare i drink al tavolo,» dice Sloane, e si alza per aiutare Clare una volta pronto l'ordine.

Gemo, non volendo essere lasciata sola. E per una buona ragione. Il signor Grump si volta verso il bar e i suoi occhi incrociano i miei.

Prende il suo bicchiere di birra, o qualsiasi cosa stia bevendo, e lo solleva verso di me con un cenno del capo. Perché diavolo mi sta rivolgendo un sorriso?

Come se fosse contento che io sia qui, affogando nella mia miseria autoinflitta.

Beh, in parte me la sono cercata. Ho colpito fisicamente il signor Grump, ma lui mi ha fatto diverse osservazioni inappropriate e inutili nel suo ufficio. Comunque, combattere ed essere aggressiva non è la soluzione. I miei genitori non sarebbero orgogliosi di me.

Diamine, nemmeno io mi sento molto orgogliosa di me stessa, in questo momento.

Il signor Grump si alza dallo sgabello e si dirige verso di me.

Oh, no. Lo sto guardando male, e vorrei davvero quel martini, anche solo per gettarlo in faccia al Brontolone. Sarebbe uno spreco di un ottimo martini, ma ne varrebbe la pena per quei dodici euro di drink.

«Elisa,» dice, facendo un cenno con la testa. Come se fosse felice di vedermi. Non può essere felice. Io di sicuro non sono felice di vederlo.

«Cosa vuoi, Faccia da Brontolone?» mormoro, sfiorando con le dita il tavolo di legno. Guardo oltre lui verso Sloane e Clare. Stanno tenendo i drink in mano e bisbigliando tra loro, probabilmente decidendo cosa fare.

Se potessero leggermi nel pensiero, gettarglielo in faccia sarebbe la mia prima scelta.

Ma Sloane lavora ancora per quel cretino, e dubito che sia pronta a dire addio al suo lavoro. O a rinunciare allo stipendio, quantomeno.

«Molto originale, Elisa,» dice, e i suoi occhi si stringono. Una mano è stretta attorno al suo bicchiere di birra, le vene sporgenti nel braccio, come se potrebbe stringerlo un po' troppo forte e farlo frantumare da un momento all'altro.

«Cosa vuoi?» Presumo che tu voglia qualcosa, altrimenti mi lasceresti in pace. «Stai cercando di avere l'ultima parola? Ho sentito che oggi metà dello staff si è licenziato.»

«Metà dello staff delle acquisizioni,» dice con una scrollata di spalle. «Mi rende le cose più facili. Meno persone da mandare a casa.»

«Sei uno stronzo,» mormoro, e alzo il braccio, facendo segno alle mie amiche di tornare con i drink e salvarmi.

Sloane sta scuotendo la testa per dire no, e Clare mi sta mandando baci con le labbra.

Ma che diavolo? Non ho intenzione di baciare quel cafone. *Il mio drink,* articolo con le labbra verso le ragazze, ma mi ignorano.

«Sembra che tu abbia finito il martini. Ti offrirei un altro drink, ma potresti non rimanere qui per quando vengono a portarcelo,» dice il signor Grump.

«Cosa ne sai tu di restare finché qualcosa *viene,*» sussurro. «Probabilmente sei un uomo da due minuti.»

Lui sbuffa sottovoce e sorseggia la sua birra, i suoi occhi che mi scrutano. Giuro che quell'uomo mi sta spogliando con lo sguardo, e mi agito a disagio.

«Cosa vuoi?» chiedo. «Sei venuto qui per vantarti di esserti liberato di me senza dover nemmeno pagare l'indennità?»

La sua fronte si corruga, e rimane in silenzio. Dopo un momento, abbassa lo sguardo verso il bicchiere vuoto. «Quanti ne hai bevuti?»

«Perché?» Lo fisso.

«Sto solo cercando di capire se sei cattiva solo da ubriaca o tutto il dannato tempo.» Prende un altro sorso, questa volta finendo l'ultima parte della sua birra. Sbatte il bicchiere vuoto sul tavolo con decisione.

«Sempre, quando sono vicino a te.»

Lui appoggia entrambe le mani sul tavolo, la testa che si abbassa, invadendo il mio spazio personale. Il calore si irradia tra noi, sfrigola come elettricità, e mi sento attratta verso di lui.

Non dovrei volerlo baciare, ma la sua vicinanza mi fa qualcosa. Forse sono i feromoni e il suo profumo che mi fanno sporgermi e gravitare verso di lui come un corpo celeste da cui non posso fuggire.

È un buco nero pronto a risucchiarmi e rubarmi gli ultimi respiri d'aria.

Le sue labbra si abbassano mentre incombe su di me, e io lo fisso, ringhiando con disgusto. Ma il mio corpo non sta rispondendo come vorrebbe la mia mente.

Il mio cuore batte all'impazzata come quando mi chiese di uscire la prima volta, e il mio interno è caldo e formicolante. Mi sento tradita dalle mie stesse reazioni interne che non riesco a controllare.

Un leggero sbuffo d'aria mi sfugge dalle labbra, e lui è lì che aleggia, inondandomi del suo profumo. Vorrei trovarlo ripugnante, così come trovo lui impossibile da sopportare, ma invece, mi sporgo verso di lui. «Sei un Brontolone,» gli dico, fissandolo, sfidandolo a dare il meglio di sé contro di me.

«Sei tu che mi fai diventare così, *tesoro*.» C'è un sorriso malizioso sul suo viso.

«Non chiamarmi *tesoro*,» sibilo, e stringo i pugni. Il mio labbro superiore si arriccia in una smorfia.

«Ti chiamerò come diavolo mi pare,» dice il signor Grump con un sorrisetto, e i suoi occhi marrone scuro brillano di divertimento. Quest'uomo ha bisogno di una lezione.

Non colpirò il mio capo.

Anzi, colpirò il mio ex-capo.

Non colpirò nessuno.

Ripeto il mantra silenzioso, cercando di ricordare a me stessa che la violenza non è la risposta. Anche se vorrei pestarlo a terra e dominarlo.

Merda.

Da dove sono venuti quei pensieri lussuriosi?

Inclino la testa oltre di lui, cercando le mie amiche. Clare e Sloane ora hanno preso posto al bancone, bevendo il mio martini.

Accidenti!

Che brave amiche, lasciarmi con il signor Grump.

«Le tue amiche non verranno a salvarti,» dice lui.

È troppo perspicace. «Sì, be', non mi piacevano poi così tanto,» mormoro sottovoce. Non che stia per buttare via due amicizie per la sciocchezza che hanno appena fatto, ma più tardi le striglierò per bene.

Perché mi agita tanto dentro? La mia lingua esce fuori e lambisce il labbro superiore. A differenza di oggi pomeriggio, quando la mia bocca sembrava un cactus tutto spinoso, mi accorgo che lui sta fissando le mie labbra. Lo faceva anche prima? O è l'alcol che gli fa abbassare la guardia e perdere quella facciata da duro che interpreta così bene?

Quando mi rendo conto che sta fissando le mie labbra e si sporge, lo rifaccio. Questa volta lascio che la mia lingua scorra lentamente sul labbro inferiore.

Il signor Grump ringhia e si slancia in avanti. Le sue labbra quasi toccano le mie. Ma da qualche parte nelle profondità, il suo controllo riemerge, impedendogli di baciarmi.

Maledetto il suo autocontrollo.

Aspetta, cosa?

Perché voglio che mi baci?

È il brontolone per eccellenza. Il più grande stronzo del pianeta, e sto provando qualcosa per lui? No.

Assolutamente no.

Rifiuto di lasciare che le farfalle nello stomaco siano qualcosa di più del risultato di rabbia e adrenalina.

Certo, è attraente, specialmente con quello sguardo ardente nei suoi occhi, ma è tutto qui. Nel momento in cui apre bocca, tutto svanisce. Kaput. È il diavolo.

«Sei responsabile dell'abbandono di metà del team acquisizioni, signorina Emerson.»

«Torniamo di nuovo a questo?» dico, facendo il broncio.

Sono delusa che abbia ribaltato la situazione e stia tirando fuori quello che è successo in ufficio? Sì, assolutamente. Volevo che mi baciasse.

No.

Volevo che lui volesse baciarmi.

Ecco tutto.

Voglio che mi desideri.

Che fantasticasse su come sarebbe con me.

Ma non gli permetterò di toccarmi.

Non avrà il privilegio di adorare questo corpo, cuore o anima. Non appartengo a lui, o a chiunque altro, e non avrà mai l'opportunità di vedermi nuda.

E se pensa di potermi baciare o farmi cedere le ginocchia, beh, si sbaglia di grosso. Sarà come un pugno in faccia per lui.

Faccio una smorfia.

Basta con la violenza.

Okay, lo so, devo calmarmi. Ma è difficile con il Brontolone che mi respira sul collo.

«Il gatto ti ha mangiato la lingua? Non ti ho mai vista senza parole,» sussurra, aleggiando sopra di me.

«Hai una passione per invadere lo spazio personale femminile?» La mia mano raggiunge il suo petto e lo spingo indietro, ma così facendo, le mie dita sfiorano la sua cravatta.

Dannazione. Le cose che potrei immaginare, tirare la sua cravatta, trascinarlo giù verso di me, sentire il suo corpo coprire il mio.

O ancora meglio, usare la sua cravatta per legargli le braccia, guardarlo fremere mentre faccio scorrere le mie dita sul suo corpo nudo.

Gli occhi del Brontolone guizzano, e prego che non abbia notato che la sua presenza mi eccita. È solo rabbia ed emozione, non desiderio sessuale.

Non lo desidero. È solo di bell'aspetto.

È un dieci su dieci, ma è impossibile frequentarlo. È arrogante. Autoritario. E se non bastasse, si chiama signor Grump!

Si schiarisce la gola e indietreggia, alzandosi più dritto e rigido. Come se un incantesimo fosse stato appena spezzato, scuote la testa e se ne va.

Ma che diavolo?

Clare e Sloane ci hanno osservato per tutto il tempo. Appena lui si allontana dal tavolo, loro si avvicinano al separé portando ciò che resta dei loro cocktail e dell'analcolico di Clare.

Prendo il mio da Clare, tracannando il martini in pochi secondi. Le mie guance bruciano, e il resto di me sembra in fiamme.

«Wow, quello è il signor Grump?» dice Clare, con la bocca spalancata.

«È insopportabile!» dico, serrando i pugni.

«È piuttosto sexy,» sussurra Clare, guardandolo. Lui ci dà le spalle mentre ordina un altro drink al bancone.

«Qualsiasi sex appeal viene rapidamente cancellato dalla sua personalità. Fidati,» dico io.

«Non ha torto. Ho dovuto lavorare con lui, e non è certo una passeggiata stargli intorno,» dice Sloane. «Ma ti guardava come un leone in calore.»

«Ma esiste davvero una cosa simile?» Finisco l'ultimo sorso del mio martini e faccio un cenno a Sloane per scambiarci di posto. Questa volta andrò io al bancone a prendermi un altro drink. Non può essere peggio di quanto appena affrontato con il signor Grump.

«Va per il bis,» commenta Clare mentre mi osserva ancheggiare verso il barista.

Il Brontolone è appollaiato su uno sgabello, sorseggia il suo drink quando gli passo accanto con disinvoltura. Lo ignoro, sperando che colga il messaggio.

«Un martini,» dico al barista.

«Quello sarebbe il terzo?» chiede il Brontolone.

«Perché li stai contando?» E sì, è il terzo drink, ma avrebbero potuto essere di più se avessi iniziato molto prima. Ma non l'ho fatto. Ho aspettato che Sloane e Clare arrivassero prima di dare inizio alla festa.

«Dovresti fare attenzione. L'intossicazione da alcol è una cosa seria,» dice il signor Grump.

«Oh mio Dio, rilassati, *Vecchietto*. Sei peggio di mio padre.»

I suoi occhi si stringono, e mi rendo conto che forse menzionare una figura genitoriale non è stata la scelta migliore, considerando che il suo patrigno è appena morto.

Merda.

Quasi provo pena per questo tizio che beve da solo, finché non apre bocca e parla, ricordandomi perché ho lasciato il lavoro.

«Vecchietto?» ripete, spostandosi sulla sedia e girandosi verso di me. «Continui a rincorrere questo Vecchietto, a quanto pare,» dice con un sorrisetto.

«Nei tuoi sogni.» Prendo il mio martini e torno in fretta dalle mie amiche, con la necessità di allontanarmi da Weston Grump il più rapidamente possibile, prima che mi divori e mi rapisca con il suo fascino perverso.

C'è qualcosa in lui, non solo nel modo in cui si comporta, ma in come esercita una certa autorità, che è affascinante.

«Wow, non ti è bastata la prima volta, dovevi tornare per il bis,» dice Clare con una risatina.

Mi sorprende che stia bevendo analcolici, ma almeno una di noi rimarrà sobria stasera. Può impedirmi di fare qualcosa di stupido, anche se non è stata particolarmente d'aiuto quando il signor Grump si è avvicinato al tavolo.

«Fidati. Ne ho avuto più di quanto mi servirà mai.»

«Non ne sono così sicura,» dice Clare. «Ti stava praticamente addosso nel separé. Vi siete baciati? Si è avvicinato così tanto che non riuscivo a capirlo.»

«Pensi che bacerei quello stronzo?» Sorseggio il mio martini, ed entrambe le ragazze mi fissano.

«Quindi è un no?» chiede Sloane.

«È stato il peggior appuntamento della mia vita. Non lo bacerei mai. Mai. Nemmeno se fossimo le ultime due persone sulla Terra. Brucerebbe il mondo intero prima che possa fare una cosa del genere.»

Clare beve un lungo sorso del suo analcolico. «Wow, ci hai pensato davvero, vero?»

«No!» Le mie guance si infiammano, ma non per la ragione che pensano loro. Mi fa innervosire.

«Trovo piuttosto affascinante questo vostro battibeccare,» dice Clare.

«Ovvio che lo pensi,» ridacchia Sloane, «tu non devi lavorare con lui.»

Clare mi indica. «Nemmeno lei, ormai.»

«Non ricordarmelo,» dico. Mi prendo la testa tra le mani. Devo iniziare a cercare un nuovo lavoro già domani mattina.

«Non so se lo sai, Elisa, ma quando Levi ed io ci siamo incontrati la prima volta, ci odiavamo. Voglio dire, beh, lui odiava me. Avevo cercato di farlo arrestare.» Clare ridacchia.

C'è qualche possibilità che io possa ammanettare Weston Grump?

Cavolo.

Perché la mia mente improvvisamente immagina di fargli cose indecenti? Sobbalzo e finisco il resto del martini. Dovrebbe aiutare.

Anche se Clare mi ha già raccontato la storia in confidenza, era anche ubriaca e probabilmente non ricorda molto di quella notte. «Mi ucciderebbe se lo raccontassi a qualcuno. Ma è il nostro "meet cute".»

«Il vostro cosa?» chiede Sloane, arricciando il naso.

«La prima volta che ci siamo incontrati. Comunque, a volte le migliori storie d'amore non iniziano con due persone follemente innamorate,» dice Clare.

«Oh, lui è sicuramente folle,» mormoro.

«E tu sei folle per lui,» dice Sloane nel suo bicchiere di daiquiri.

«Ti ho sentita!» Do una gomitata a Sloane. «Sei incredibile.»

«E tu hai finito il tuo martini. Offrici un altro giro.»

Gemo. Non è per i soldi. Pagherei volentieri tutti i drink di stasera. Certo, avere un lavoro sarebbe utile per questo, ma si tratta di dover tornare al bar e stare di nuovo proprio accanto al Brontolone.

«State cercando di torturarmi?» chiedo.

«Forse,» dice Clare. «È divertente vedere il tuo viso diventare rosso come un pomodoro.»

I miei occhi si spalancano per l'orrore.

«Non preoccuparti, non è così male. Probabilmente pensa che sia carino,» interviene Sloane.

«Mi farete morire. Giuro, dovrei uscire e buttarmi sotto una macchina e farla finita, ecco.»

Clare ride e finisce l'ultima goccia del suo analcolico. «Non essere così drammatica. Va' a prenderci un altro giro prima che io debba tornare a casa da Levi.»

«Va bene, signorina So-tutto-io,» scherzo, uscendo dal separé.

«Conserva i tuoi soprannomi per il tuo Brontolne nonché ex capo,» mi grida dietro Clare.

Gemo mentre mi dirigo verso il bar. Perché l'unico posto libero è ancora una volta accanto a Weston Grump?

L'universo sta cercando di torturarmi?

So che è attraente. Non ho bisogno di un promemoria, ma potrei farne a meno di parlargli. Mi basta solo godere della vista, tre drink, e andarmene prima che sia troppo tardi.

«Ti sono mancato?» dice il signor Grump, girandosi leggermente sullo sgabello del bar.

«Bevi sempre da solo? O è perché allontani tutte le ragazze carine?»

La sua fronte si corruga, e fa un cenno al barista, ordinando un'altra birra. Sono un po' sollevata che non stia ordinando un altro drink fiammeggiante come venerdì sera.

Quella è un'esperienza che non voglio mai più rivivere.

«Ti informo che potrei conquistare qualsiasi ragazza nel bar,» dice.

«Qualsiasi ragazza?»

«Esclusa la presente compagnia e il tuo entourage.»

Dannazione, sarebbe stato divertente vederlo flirtare con Sloane o Clare e venir rifiutato. Non c'è alcuna possibilità che una di loro sia interessata a ricambiare.

«Che ne dici di lei?» dico, indicando con un cenno la ragazza all'estremità del bancone. Ha i capelli biondi, che ho dedotto essere il suo tipo.

«Cosa c'è con lei?»

«Hai detto qualsiasi ragazza.» Okay, devo ammettere che ho scelto l'unica ragazza che sembra non essere minimamente interessata agli uomini. È con un'altra donna, e indossa una maglietta del Pride, quindi spero che non sia attratta dal genere maschile.

«Che ne dici se scelgo io i miei appuntamenti?»

«Allora immagino che non puoi avere qualsiasi ragazza.» Sorrido orgogliosa, e il barista mi porge il conto. Faccio scivolare la mia carta di credito per pagare i tre drink.

«Offro io,» dice il signor Grump, mettendo la sua carta sul vassoio.

«Cosa? Non pagherai i nostri drink. Non ho bisogno di elemosine.»

«Tu non hai un lavoro.»

Perché deve ricordarmi che mi sono licenziata questa mattina?

Mi ricorderà anche che gli ho dato un pugno a tradimento?

Ignoro la sua osservazione. «Hai paura di una piccola scommessa?»

«Di cosa stiamo parlando?» chiede il signor Grump. «Un appuntamento. Un bacio. Il tuo numero di telefono?» Non si tira indietro, questo è certo.

Mi fermo, considerando le opzioni. «Baciala.» Sono pronta a vederlo steso al tappeto due volte in un giorno.

«Tutto qui? Devo solo baciarla?» Il sorriso sul suo volto è fin troppo compiaciuto. È sicuro della sua capacità di far perdere la testa a una donna. «E dato che è una scommessa, se vinci, pago io i tuoi drink.»

Sembra abbastanza facile, e suppongo di potergli lasciare mettere i tre drink sul suo conto. Che male c'è?

«E se vinci tu?» chiedo. Il mio stomaco sussulta; ho paura di ciò che vorrà in cambio.

«Un secondo appuntamento con te.»

«Sei sadico,» dico. Sta seriamente cercando di ottenere un secondo appuntamento? Ci odiamo a vicenda.

«Probabilmente, ma il mio ego è rimasto ferito quando sei scappata. Ti prometto che non ci sarà alcol in fiamme. Beh, intenzionalmente, almeno.»

Lo fisso, sbalordita dalla sua proposta. «Non vincerai.»

«Allora, non vedo problemi con la scommessa. E dovremmo renderla un po' più interessante,» aggiunge il signor Grump.

Interiormente, sto gemendo. «Cosa?» chiedo.

«Se lei mi concede un po' di lingua, torni a lavorare per me.»

È pazzo? Deve esserlo per pensare che me ne importi. «Perché? Così puoi tormentarmi a tempo indeterminato? No, grazie.»

«Non sono arrivato alla parte migliore se vinci tu,» dice, lasciando la frase sospesa nell'aria, e io guardo di nuovo la donna seduta in fondo al bancone. Non c'è modo che lo baci, specialmente con la lingua.

E mentre il signor Grump è stupendo e sexy da morire, appena aprirà bocca, rovinerà tutto. «E sarebbe?» Abbocco all'esca. «Mi dai il tuo posto e mi lasci dirigere l'azienda?»

Lui offre un sorriso sarcastico. «Mi piace il tuo senso dell'umorismo, ma questa non è una possibilità.»

«Peccato, pensavo che la cosa sarebbe diventata interessante. Inoltre, sapevo che non saresti riuscito a farti dare un bacio.»

Giuro di sentirlo ringhiare a bassa voce. «Affare fatto.»

Sul serio?

La mia bocca rimane spalancata, e lui mi spinge addosso la giacca del completo mentre si arrotola fino ai gomiti le maniche bianche della camicia.

Cerco di non fissare le sue braccia. L'uomo è tutto muscoli, e immagino che i suoi bicipiti siano spessi, ma sono nascosti sotto il cotone. Indossa ancora la cravatta, nero intenso, senza un accenno di colore. Sembra nel suo stile. Quell'uomo è banale e noioso. Anche se persino nel suo aspetto basico, ha ancora stile.

Rimango in piedi al bancone mentre lui attraversa il bar come un uomo in missione. Solo che non voglio vederlo baciare una ragazza a caso. Le mie mani si chiudono a pugno mentre stringo la sua giacca e la stropiccio da morire.

Lui le si avvicina con disinvoltura, le sussurra qualcosa all'orecchio e lei si morde il labbro inferiore con fare civettuolo.

Non può starci cascando.

È bello ma è arrogante.

Presuntuoso.

Impossibile da gestire, ma lei non deve averci a che fare ogni giorno. Tutto quello che deve fare è convincere la ragazza a baciarlo.

Avrei dovuto esaminarla un po' più attentamente. Indossa una fede nuziale o un anello di fidanzamento? È troppo lontana attraverso il bar per notare i suoi gioielli.

Il signor Grump si volta verso di me, sorride e mi fa l'occhiolino.

Il mio stomaco si rigira mentre la ragazza lo afferra per la cravatta e attira le sue labbra alle proprie in un bacio rovente. C'è sicuramente della lingua, e non riesco a guardare il resto.

Ho bisogno d'aria.

Il bar è caldo e soffocante.

La stanza gira e il mio stomaco si contorce.

Non voglio star male, non davanti a Weston, anche se dubito che se ne accorgerebbe, dato che sta pomiciando con quella ragazza.

Scappo a gambe levate dal bar, incurante del fatto di star abbandonando anche Clare e Sloane. Possono cavarsela da sole.

Il sudore mi imperla la fronte. L'aria fredda della notte è un sollievo che accolgo volentieri dopo il caldo del bar e il momento che ho appena visto tra quei due.

Non dovrebbe importarmi.

Lo odio. È stato l'appuntamento peggiore che abbia mai avuto ed è il motivo per cui ho lasciato il lavoro.

Ma guardare la sua bocca premuta contro quella di un'altra ragazza, le mani di lei nei suoi capelli e le sue attorno alla sua schiena, è stato troppo.

Appallottolo la sua costosa giacca e cammino nervosamente per strada, offrendola a un senzatetto. Avrei potuto buttarla nella spazzatura, ma qualcuno potrebbe farne un uso migliore.

La rabbia ribolle, e le mie mani si serrano quando penso alle sue mani sul viso di lei, nei suoi capelli, mentre la tirava più vicino, come se la stesse apprezzando.

Voglio gettare la testa all'indietro e urlare al cielo per avermi inflitto un tale tormento. E vive nel mio palazzo. Come farò ad affrontarlo?

Dovrò trasferirmi. È l'unica opzione. Impacchettare le mie cose, inscatolarle e vendere l'appartamento. Non posso affrontarlo ogni giorno.

Non riesco a vederlo baciare altre ragazze... e se ne portasse una a casa sua?

E se portasse proprio *lei* a casa sua stasera?

Disprezzavo il signor Grump quando ho lasciato la Blazing Media, ma ora lo odio con tutta me stessa. Niente può farmi cambiare idea o pensare diversamente.

Perché sono stata così ingenua da accettare la sua scommessa?

Non mi avrebbe mai lasciato dirigere l'azienda. Erano tutte sciocchezze, avrebbe detto qualunque cosa per convincermi ad andare avanti con il suo piano.

E perché?

Perché potessi vederlo baciare un'altra ragazza?

«Elisa!» Sloane si precipita fuori, e Clare è proprio dietro di lei, inseguendomi sul marciapiede. «Che è successo?»

«Sono un'idiota,» dico, stringendo gli occhi. «Ho perso una scommessa piuttosto importante.»

«Cosa?» Clare si fa avanti e mi stringe tra le braccia per un abbraccio. «Qualunque cosa sia, non può essere così terribile. E lui è uno stronzo per aver baciato un'altra ragazza.»

Hanno visto quel bacio.

Potrei morire dall'imbarazzo, e non è che io abbia baciato Weston Grump. Ma odio il fatto che me ne importi, che abbia acceso un fuoco dentro di me e poi se ne sia andato lasciandolo ardere.

Gemo, e il mio cuore sta piangendo, ma i miei occhi sono asciutti. «È orribile. Il peggio in assoluto,» dico, e voglio solo andare a casa, prendere un barattolo di gelato e avvolgermi in una coperta calda.

«Vuoi che torni nel bar e gli lanci una birra in faccia?» chiede Sloane. «Perché lo farei senza nemmeno pensarci per te.»

Questo mi strappa un sorriso, ma svanisce nel momento in cui vedo Weston uscire dal bar.

C'è una folla dietro di lui, e giuro che se *lei* sta uscendo con lui, farò una scenata.

Mi sto comportando da bambina e immatura. Non

avrei dovuto suggerirgli di baciarla, ma pensavo che non avesse alcuna possibilità.

Ho fatto un'ipotesi orribile, basandomi sulla sua maglietta, che non avesse alcun interesse per i ragazzi. Quello è stato il mio errore.

Sloane e Clare si mettono davanti a me in modo protettivo.

«Devi girare i tacchi e andartene a casa,» dice Clare. Punta il dito contro il petto di Weston e lo colpisce mentre lui entra nel suo spazio personale, cercando di raggiungermi.

«Ha ragione,» dice Sloane. «Che tipo di uomo bacia una ragazza in un bar mentre flirta con un'altra?»

Il suo sguardo si indurisce e guarda oltre di loro, fissandomi.

Vorrei distogliere lo sguardo, ma i suoi occhi severi mi trapassano. «Il tipo di uomo che insiste su una scommessa. Signore, se posso, accompagnerò Elisa a casa.»

«Sei impazzito?» chiede Clare, la sua mano lo spinge indietro di diversi metri, mettendo distanza tra noi. «Hai appena baciato un'altra ragazza e vuoi accompagnare Elisa a casa? Non è per niente corretto.»

Gli occhi di Weston mi fulminano. «È questo che gli hai detto?»

Apro la bocca, ma non esce alcuna parola.

Sloane si fa avanti, parlando al posto mio. «Non deve dire nulla. Ti abbiamo visto baciare quella ragazza nel bar.»

«Era una scommessa. Una che la vostra dolce e innocente Elisa ha suggerito.»

Clare e Sloane mi guardano per avere conferma.

Clare ha le sopracciglia aggrottate. «Non dice sul serio, vero?»

Sloane si avvicina e mi dà un abbraccio. «Ti prego, dimmi che è un bugiardo,» mi sussurra all'orecchio. «Lascerò il lavoro con te. Possiamo affrontare la ricerca di lavoro insieme.»

Non voglio che Sloane faccia questo a causa mia. «No,» dico, «non sta mentendo. Dovrei parlare con lui da sola.»

«Sei sicura?» chiede Clare, prendendo la borsa. «Ho dello spray al peperoncino se ti serve.»

«Starò bene. Non ho bisogno di aggredirlo per il bacio. Gli ho detto io di farlo.»

Gli occhi di Clare si spalancano e fa un passo indietro. «Va bene, ma se hai bisogno di qualcosa, chiamami. Riesci ad arrivare a casa?»

«La accompagno io,» dice Weston.

Sloane fa una smorfia e guarda da Weston a me. Sta aspettando che io dica qualcosa, ma cosa c'è da dire? Questa volta ho fatto un errore colossale. «Vive nel mio stesso palazzo. Va bene.»

«È il tuo vicino di casa?» La bocca di Sloane è spalancata, dato che si era persa quella rivelazione.

«Non preoccuparti, non è un alloggio permanente,» interrompe Weston, sentendo i nostri saluti. Abbraccio Sloane e Clare prima che se ne vadano insieme per prendere un taxi.

Guardo Weston e valuto l'idea di svignarmela, ma tanto sa comunque dove vivo.

Non si dovrebbe mai uscire con il proprio vicino di casa.

FOUR

Weston

PERCHÉ HO ACCETTATO il suggerimento di Elisa?

Non che io sia innocente. Sì, ho baciato la ragazza su cui Elisa aveva scommesso che non sarei riuscito a baciare. Ma non c'era nemmeno un accenno di attrazione da parte di nessuno dei due.

Le ho offerto centomila dollari, e quando ha rifiutato, ho alzato a mezzo milione. È stato sufficiente perché mi afferrasse per la cravatta, e il resto è storia.

Ho vinto la scommessa.

Elisa non aveva stabilito regole su un eventuale pagamento, e non c'era alcuna possibilità che cedessi un'azienda da un miliardo di dollari a una ragazza del reparto acquisizioni.

Non era una scommessa che potevo perdere.

E valeva quei cinquecentomila. Non perché mi sia piaciuto il bacio, ma speravo di cogliere uno sguardo scioccato sul viso di Elisa.

Ma invece, nel momento in cui ho concluso quel duello di lingue, mi sono voltato e lei era sparita.

Ho staccato un assegno molto consistente a una fortunata signorina del bar prima di seguire le amiche di Elisa fuori in cerca di lei.

Nel peggiore dei casi, avrei potuto presentarmi alla sua porta e pretendere che rispettasse la scommessa. Anche se prima consideravo l'idea di limitarmi a un singolo appuntamento, averla alle mie dipendenze è molto più stimolante.

Ho bisogno di un'assistente esecutiva, qualcuno che possa gestire le mie stronzate ed essere onesta con me. Se ho un'idea di merda, ho bisogno di qualcuno di cui mi fido che me lo dica in faccia. Non alle mie spalle.

Ed Elisa è un mistero. Forse assumerla non è la mossa migliore per l'azienda, ma è ciò che voglio. Conosce il settore e ci lavora da diversi anni.

Ho fatto qualche ricerca e ho scoperto che è troppo qualificata per la sua attuale posizione nelle acquisizioni. È stata una parte fondamentale del recente successo dell'azienda. E l'aumento del venti percento che le ho offerto per il lavoro extra non era irragionevole.

Potrebbe star giocando duro, ma non ho questa impressione. Elisa non se ne sarebbe andata se fosse stata una questione di soldi, non senza avere un altro lavoro disponibile.

Ma niente di tutto ciò ha più importanza.

Aspetto che le sue amiche si congedino e si disperdano, lasciando me ed Elisa soli. Siamo a pochi isolati dal complesso condominiale.

Fa freddo fuori, e vorrei davvero avere la mia giacca per riscaldarmi. Non ho portato niente di più caldo di una giacca da completo, e sembra che ormai ci debba rinunciare.

«Dov'è il mio cappotto?» chiedo, srotolando le maniche per allungarle di nuovo. Non è abbastanza, ma tiene lontano il freddo diretto dalla mia pelle.

«L'ho dato a qualcuno che ne aveva bisogno» dice Elisa con un sorrisetto. «Fa freddo stasera.»

«Non me ne parlare» mormoro sottovoce.

«Perché? Dovresti essere bello caldo dopo aver avuto le mani di quella ragazza addosso.»

Mi fermo e afferro Elisa per il braccio, facendola voltare verso di me. «Gelosa?»

Lei inspira con un respiro tremante. «No.» Girandosi, si libera dalla mia presa. Non la trattengo con forza, lasciando che faccia un passo indietro.

Ma sono proprio accanto a lei. Non la lascerò tornare a casa da sola a quest'ora. Anche se siamo in una bella zona della città, non voglio rischiare che le accada qualcosa.

«Nel caso tu l'abbia dimenticato, sei stata tu a suggerirmi di baciarla con la lingua e a scegliere la ragazza.»

«Beh, non era necessario che ti piacesse così tanto» mormora.

«Sei gelosa.» È l'unica cosa che ha senso. Ma perché le importa?

Abbiamo avuto un pessimo appuntamento insieme. Ha lasciato il lavoro nel momento in cui ha scoperto che sono il suo capo. Certo, non sono stato esattamente caloroso o accogliente, ma non era costretta a scappare.

«No, non lo sono. Odio solo perdere una scommessa.»

È per questo che è corsa fuori dal bar e voleva allontanarsi da me? Lavorare per me è davvero una tortura come dice?

Non ho mai dovuto gestire altri dipendenti, figuriamoci un'intera azienda. Almeno, non direttamente. Avevo il lusso di nascondermi dietro lo schermo del mio computer, lavorando come se fossi mio padre.

E ora devo dimostrare di nuovo il mio valore. Prima, dovevo dimostrare che mio padre era capace di fare il suo lavoro, anche se non lo era, ma dovevo agire per suo conto e prendere decisioni esecutive nel miglior interesse dell'azienda.

Non siamo una società quotata in borsa. Non c'è un consiglio di amministrazione o azionisti a cui sono costretto a rivelare le mie carte.

«Be', è un peccato, signorina Emerson» dico, «perché tornerai in ufficio domani mattina.»

Lei stringe le labbra ed esala un lungo sospiro. «Immagino di non poterti far cambiare idea. Ricordarti che ci odiamo a vicenda.»

«Odiare è una parola forte.»

Cosa ho fatto per meritare tanta diffidenza? Non è stata colpa mia se l'appuntamento è stato un disastro. Forse non siamo destinati a essere nulla di più che conoscenti, e per me va bene così. Ora che so che lavora per me, qualsiasi altra cosa dovrebbe essere off-limits.

«Sì, ma in questo caso è meritato» dice Elisa.

Mi avvicino, invadendo ogni centimetro del suo spazio senza toccarla fisicamente. «Non credo che tu mi odi, signorina Emerson. Perché, se fosse così, non saresti mai scappata dal bar dopo aver assistito a quel bacio.»

I suoi occhi vacillano, e la rabbia che sembrava permeare i suoi lineamenti scompare altrettanto velocemente. È capace di nascondere le proprie emozioni più di quanto le avessi dato credito in precedenza. «Come hai detto tu, ho solo l'abitudine di scappare. Ed è per questo che non dovrei tornare a lavorare per te.»

«Perché? Perché te ne andrai.» Questo non mi sorprende.

No, ciò che mi ha sorpreso è stata l'audace supposizione di Elisa che io volessi baciare un'altra ragazza nel bar e il fatto che non abbia suggerito che io baciassi lei. Quella sarebbe stata l'unica scommessa che mi avrebbe mandato in frenesia, e avrei potuto scommettere l'azienda e perderla a suo favore.

Ma ci saranno altre serate per divertirsi con la signorina Emerson.

Il mio sguardo percorre il suo corpo. Sta tremando, la sua presa stringe la borsa.

È il freddo o la mia vicinanza che la fa tremare?

Voglio essere io il motivo.

Ma lei mi odia. Elisa ha reso perfettamente chiaro che non vuole avere niente a che fare con me. E una donna così non si piega facilmente alla volontà di qualcuno forte e potente.

È troppo testarda per pensare al suo futuro, alle opportunità a cui sta rinunciando lasciando la Blazing Media.

«Non mi aspettavo che tu ti ritirassi da una scommessa.» Vorrei intavolare una discussione con lei, ma sta battendo i piedi per mantenere il sangue in circolazione in questo freddo, e io sto facendo del mio meglio per non congelare.

Ho già menzionato che detesto l'inverno?

Ma mio padre è il motivo per cui sono ancora a New York e non me la sto spassando sulle spiagge delle Hawaii o dei Caraibi. Anche il Pacifico meridionale sarebbe fantastico adesso. Ovunque, tranne che in un inverno newyorkese.

Non è che non possa permettermelo. Ho ereditato l'azienda e la fortuna di mio padre, passando dallo status di milionario a quello di miliardario. Non sono tutti fondi liquidi, ma ho più di quanto mi servirà mai in vita mia.

E pochissime persone lo sanno. Mantengo la mia vita privata riservata e non ostento i miei soldi.

Beh, di solito almeno. Al bar è stata un'eccezione.

Non potevo perdere la scommessa con Elisa, ed ero disposto a fare qualsiasi cosa per assicurarmi di non perdere. Anche se ho dovuto truccare le carte, che è praticamente quello che ho fatto, lei non può scoprirlo.

I suoi occhi hanno un fremito, e lei trema. «Possiamo camminare? Le mie gambe sono intorpidite.»

La prenderei in braccio e la porterei io stesso, ma non credo che le piacerebbe molto. E non voglio un altro colpo in faccia. Sono fortunato che non mi abbia dato un colpo abbastanza forte da lasciarmi un livido.

«Sì, camminiamo e discutiamo,» dico, tenendo il suo passo mentre passeggiamo insieme lungo il marciapiede.

«Non mi sto ritirando dalla scommessa. Semplicemente, non credo che sarai felice con me che lavoro sotto di te,» dice Elisa.

Lavorare sotto di te.

Quelle parole si ripetono nella mia testa.

Mi piacerebbe averla sotto di me. Immobilizzarla, mostrarle cosa significa essere rispettata.

Mi perdo qualunque cosa stia blaterando per le successive due svolte. Abbiamo ancora qualche minuto prima di arrivare al nostro palazzo.

«Hai sentito una parola di quello che ho detto?» chiede Elisa, guardandomi.

«Fa freddo. Sto solo cercando di concentrarmi per arrivare al condominio prima di prendermi un congelamento.»

Ci avviciniamo all'ultimo isolato, ma non possiamo attraversare la strada finché il traffico non si dirada o il semaforo non cambia.

Mi strofino le mani e ci soffio dentro quello che spero sia alito caldo. Non aiuta.

Perché diavolo non ho proposto un taxi?

Sebbene di solito mi piaccia il freddo, non sono vestito per questo clima. Non avevo intenzione di tornare a piedi dal bar, ecco perché non ho portato il cappotto invernale.

Lei afferra la sciarpa che ha avvolta intorno al collo e me la offre, facendola roteare e abbassandola da entrambi i lati del mio collo.

Il suo sguardo indugia per un momento più del necessario. «Questo ci rende pari?» chiede Elisa.

«Darmi la tua sciarpa quando siamo a due minuti da casa?» È calda e ha l'odore unico del suo profumo. È travolgente e meraviglioso, un mix di rose e vaniglia con un aroma speziato che mi solletica le narici.

Potrei abituarmi a questo profumo. Cerco di non farle notare che sto respirando la sua dolce fragranza mentre porto la sciarpa attorno al mento, alle labbra e al naso. È spessa e calda.

«Consideralo un'offerta di pace,» dice Elisa, «dato che ho dato la tua giacca a un senzatetto.»

«È stato gentile da parte tua, anche se a mie spese.» Il semaforo cambia e attraversiamo velocemente la strada, non perché preoccupati di poter essere investiti, ma perché siamo ansiosi di entrare in un edificio caldo.

Non appena ci avviciniamo all'ingresso, prendo il portafoglio con la keycard posizionata all'esterno e la premo contro il pannello nero d'entrata per sbloccare la porta. Tengo la porta aperta per Elisa, lasciandola entrare per prima.

Lei rabbrividisce ed entrambi veniamo investiti da una calda folata di aria.

«Così va meglio,» dice, tirando fuori le chiavi dalla borsa. Il riscaldamento è abbastanza alto, ma si sta davvero bene.

Ci dirigiamo insieme verso l'ascensore e lei preme il pulsante per il quarto piano. «Verrai al lavoro domani,» dico. Non è una domanda.

«Scusa?» Elisa mi guarda. Apre la zip della giacca e io lentamente rimuovo la sciarpa che aveva messo intorno al mio collo per restituirgliela.

Entro nel suo spazio personale, avvolgendole la sciarpa attorno al collo, le mie mani che tirano le estremità, tenendola vicina a me. Il gesto è intimo e carico di tensione mentre ci fissiamo negli occhi.

«Hai perso la scommessa, Elisa. Lavori per me.»

La sua bocca si spalanca mentre mi guarda. «Non puoi essere serio. Come hai detto tu stesso, potrei semplicemente licenziarmi.»

«Novanta giorni,» replico. Avrei dovuto dire un anno, qualcosa di più permanente, ma non sono sicuro che nessuno di noi due possa sopravvivere così a lungo stando vicini.

«Non capisco perché mi vuoi, Weston.»

È la prima volta che la sento chiamarmi per nome da quando siamo usciti insieme. Da quel disastro epico, sono stato *Signor Grump*, che è fastidioso e non ha nulla di affascinante.

Non che io stia cercando di essere affascinante con Elisa. E se lavorerà per me, non ci sarà assolutamente possibilità che andremo a letto insieme, mai.

Evito le relazioni come la peste. Ho un figlio che ha bisogno della mia attenzione, e non voglio una donna che invece la pretenda. E poi, non sono tutte uguali?

E il matrimonio è assolutamente fuori discussione. Mai nella vita mi impegnerò con una sola donna. Non perché mi piaccia un po' di varietà, anche se è vero. È che non posso fidarmi che, chiunque sia quella donna, non sia una cacciatrice di dote.

Certo, esistono gli accordi prematrimoniali, ma coprono solo il periodo precedente al matrimonio. Non ho bisogno di una donna che si intrufoli dalla porta laterale per ottenere un pezzo dell'impero che mio padre ha creato.

E sebbene non sarebbe direttamente suo, avrebbe diritto a una parte di qualsiasi guadagno ottenuto durante il matrimonio. No, grazie.

Preferisco le mie notti da scapolo e incontri occasionali con ragazze sconosciute che non sanno che ho un figlio, perché non le invito mai a casa.

E non c'è possibilità che passino la notte e rimangano se non sanno dove vivo.

«Novanta giorni, e ti pagherò un bonus se convincerai il resto dello staff a non licenziarsi.»

L'ascensore suona ed Elisa esce per prima, dirigendosi verso la sua porta. Mi guarda da sopra la spalla. «È davvero così grave?»

I suoi occhi si addolciscono e le sue spalle sono meno tese. È perché si è scaldata dal freddo o perché non è più ostile nei miei confronti? Potrei essere così fortunato che la sua rabbia non sia più diretta verso di me per una volta?

«Non è stato bello quando se ne sono andati tutti.»

Lei ride sotto i baffi. «Beh, signor Grump, se hai trattato uno qualsiasi di loro come hai trattato me nel tuo ufficio questa mattina, allora non li biasimo.»

Mi avvicino, ignorando la porta del mio appartamento. Sarò a casa abbastanza presto. Ho la tata con Tyler e a quest'ora è già a letto.

«È divertente come tu dia la colpa a me quando eri tu quella che parlava del mio cazzo.»

Lei inspira bruscamente e le sue guance arrossiscono. «Possiamo fingere che non sia successo?» Si mette a giocare con le ciocche dei suoi capelli.

Non commenterò il gesto. È nervosa e il suo sguardo si abbassa verso le mie labbra. «Se riesci a essere professionale in ufficio, certamente posso esserlo anch'io.»

Lei emette un respiro tremante e armeggia con le chiavi. «Molto bene, ci vediamo domani in ufficio.»

«Andremo insieme.» Non c'è motivo per cui non dovremmo condividere il tragitto e, inoltre, ho un autista privato per andare a lavoro.

Mi rifiuto di guidare a New York City. E anche se adoro guidare fuori strada in montagna e posso tollerare un'autostrada vuota, non permetterò alla mia pressione sanguigna di impennarsi per un ingorgo. Lo lascio volentieri al mio autista.

«Sei sicuro che sia appropriato?» Elisa armeggia con le chiavi. È pronta ad entrare nel suo appartamento e glielo permetterò, non appena avremo definito gli ultimi dettagli per domani. «Inoltre, i nostri orari coincideranno?»

«Non lavoro fino a tardi in ufficio. Se ho del lavoro da fare dopo l'orario, lo faccio da casa.» Non ha bisogno di sapere di Tyler. È per lui che mi impegno a essere a casa ogni sera per cena. Almeno, quante più sere possibili.

«Va bene, immagino che possiamo condividere l'auto,» dice Elisa.

Non la correggo sul fatto che ho un autista privato e vengo accompagnato in giro per la città. Conoscerà Camden domani.

«Buonanotte,» dico, assicurandomi che entri nel suo appartamento prima di sbloccare la mia porta d'ingresso ed entrare per controllare il mio ometto e dargli un bacio della buonanotte.

La tata è già profondamente addormentata nella sua camera. Martha è una donna anziana sui sessant'anni. Non so come faccia a tenere il passo con Tyler e tutta la sua energia, ma aiuta molto in casa con le faccende, il bucato e la preparazione dei pasti.

———

La mattina seguente, mi sveglio presto e mando un messaggio a Elisa dicendole che partiremo tra venti minuti e di incontrarmi giù all'ingresso principale.

La sua risposta è un'emoji con il pollice in su, e la considero una vittoria, considerando da chi proviene. Indosso un completo e una cravatta freschi di armadio. Dovrò sostituire la giacca che ho perso, grazie alla signorina Emerson che l'ha regalata in giro.

Non che io non aiuti i senzatetto: dono vestiti alle organizzazioni benefiche e faccio anche un generoso contributo in denaro. Ma non regalo una giacca su misura che indosso ancora regolarmente.

Sto facendo del mio meglio per non brontolare prima ancora di aver lasciato il condominio.

Mi dirigo verso l'ascensore ed Elisa esce dal suo appartamento, giusto in tempo per prendere l'ascensore insieme.

Non dovrebbe essere un gran problema, andremo insieme in ufficio, ma almeno in macchina avremo compagnia. Camden sarà lì per assicurarsi che Elisa si comporti bene. Anche se non sono sicuro di cosa mi aspetti che accada.

Non mi preoccupo del cappotto. Resterò all'interno fino a quando Camden non arriverà, e l'auto sarà comunque ben calda.

«Buongiorno,» dice, sforzandosi di sorridere. È tutta agghindata con un berretto invernale, guanti, sciarpa e un cappotto di lana viola. Le sue guance arrossiscono quando incontra il mio sguardo intenso.

«A te,» rispondo, non ancora sicuro se sia una buona giornata o meno. La mattinata è ancora giovane.

«Sei sicuro che non ci siano problemi se vengo in macchina con te?»

Premo il pulsante per la hall e aspetto che le porte dell'ascensore si chiudano e che scendiamo. «La cabina dell'ascensore o la macchina?» chiedo, guardandola.

«Entrambi?» squittisce, e il fatto che possa essere effettivamente nervosa è carino.

«Va bene. Attribuiremo semplicemente la scorsa settimana a Mercurio retrogrado nella sua posizione.»

«Ci credi?» chiede Elisa. I suoi occhi si spalancano e accenna un sorriso malizioso.

Mi schiarisco la gola. Mia sorella ci credeva, fino alla fine. «Era la specialità di mia sorella. Non la mia.» È l'unica risposta che le fornisco.

La sua fronte si corruga, e la porta dell'ascensore si apre. Elisa esce per prima, e io la seguo finché non raggiungiamo la hall, dove le apro la porta e mi addentro nel freddo pungente.

L'auto è in attesa nella zona di carico e scarico, con le quattro frecce e il motore acceso.

Camden si affretta a scendere dal veicolo e viene ad aprire la portiera posteriore.

«Prima le signore» dico, lasciando che Elisa salga sul sedile posteriore. Scivolo accanto a lei, e Camden mi lancia uno sguardo curioso, ma sa che è meglio non fare domande, specialmente davanti a una donna.

Il sedile posteriore è bello caldo e aiuta a dissipare l'aria gelida fuori dal veicolo. Rabbrividisco, il mio corpo si sta riscaldando dopo essere stato fuori per alcuni secondi senza adeguati indumenti invernali.

Elisa continua a indossare berretto, guanti e sciarpa, oltre al cappotto abbottonato. Ad un certo punto, o morirà di caldo o inizierà a spogliarsi. Scommetto sulla parte dello spogliarsi, anche se mi piacerebbe che fosse più che solo gli indumenti invernali.

Camden sale al posto di guida e mi guarda, aspettando che gli indichi dove lasciare la ragazza.

Non do mai un passaggio a nessuno tranne che a Tyler e alla tata. Camden conosce i miei contatti stretti. Non incontra mai le mie avventure di una notte e, francamente, non ci sarebbe motivo, dal momento che non porto nessuna delle signore a casa.

«In ufficio» istruisco, dato che Camden non è ancora partito.

«Certo, signore» dice Camden, e spegne le luci di emergenza prima di accendere l'indicatore di direzione e immettersi nel traffico.

Il calore nel sedile posteriore è piacevole e accogliente.

Elisa si sposta leggermente, e posso immaginare che stia sentendo caldo. «Hai menzionato una sorella. Hai altri fratelli?» chiede.

La sua domanda mi coglie alla sprovvista. Non dovrebbe. Ho tirato fuori io il discorso su Wren. È stata colpa mia. È morta tre anni fa, e fa ancora male, come se fosse ieri.

«No.» Una risposta di una sola parola. È tutto ciò che posso darle. Questa donna e io non siamo amici.

Non posso darle una parte di me, aprirmi a lei, per permetterle di abbattermi e distruggermi.

«Oh, capisco. Anche lei avrà un ruolo attivo nella casa editrice?» chiede Elisa.

«No.»

È tutto quello che ottiene e tutto ciò che sono disposto a dare.

La sua bocca si chiude, e prego che sia l'ultima domanda che abbia su Wren.

FIVE

Elisa

PIÙ LAVORO CON WESTON, più comincio a renndermi conto di quanto quest'uomo sia riservato e di quanto poco riveli di sé.

Settimane fa aveva accennato di avere una sorella.

È viva?

Si nasconde?

Forse ha una famiglia propria e vive in un altro paese. Mi sembra strano come un padre possa avere due figli e dare la proprietà dell'azienda solo a uno di loro e non a entrambi.

A meno che non sia deceduta.

Questo spiegherebbe la mancanza di risposte o discussioni sull'argomento da parte di Weston. Forse fa troppo male parlarne.

Riconosco che non sono affari miei e dovrei lasciar perdere, proprio come fa lui. Viaggiamo insieme per andare e tornare dal lavoro. Mi occupo delle responsabilità relative alle acquisizioni e, inoltre, sono anche l'assistente esecutiva di Weston. Il che, se devo essere sincera, fa schifo.

Non è un lavoro che amo, e avere un capo burbero non aiuta di certo.

Ma tengo la testa bassa, faccio il mio lavoro e mi assicuro di non spettegolare su Weston. E non ho bisogno di farlo, comunque. Ci sono già abbastanza voci sul numero di dipendenti che si sono licenziati e sul perché solo uno di loro è tornato.

Io.

Ma l'ufficio del personale non mi ha convocata e non ho fatto nulla di sbagliato. Cioè, a parte quel piccolo commento sul cazzo di Weston. Non è stato elegante. Ma ero incavolata per come era andata quella sera.

Forse non dovrebbe importarmi più.

Devo decisamente andare avanti.

Rinunciare agli appuntamenti perché Weston è stato un pessimo accompagnatore non è giusto nei miei confronti. Un giorno vorrei avere dei figli, ed è molto più facile farlo con un partner. Soprattutto, per quanto riguarda la parte dell'educazione.

Inoltre, mi piace essere in una relazione. Avere qualcuno con cui coccolarsi ogni notte, rannicchiarsi contro di lui, addormentarsi tra le sue braccia.

Un appuntamento disastroso, non è stato nient'altro che quello.

Una situazione isolata. Non deve essere la fine del mondo. Anche se mi fa temere l'idea di uscire di nuovo con qualcuno. E non mi fido delle mie amiche quando si tratta di organizzarmi appuntamenti al buio.

Anche se Clare mi ha chiamata di recente per dirmi che mi metterà al tavolo dei single al matrimonio, nella speranza che faccia amicizia con uno degli amici single del suo fidanzato.

Ma se uno è ancora single, qual è la fregatura?

Weston è occupato nel suo ufficio, se ne sta per conto suo, il che per me va benissimo. Significa meno problemi da gestire e più lavoro da portare a termine per il team.

Ho qualche minuto per me, così prendo il telefono e mi dirigo verso la sala relax. Appoggiandomi a una delle pareti, apro l'app di incontri sul mio telefono e scorro tra gli innumerevoli ragazzi che appaiono sul mio schermo.

Il problema è che, anche se sono attraenti e mi piacciono, potrebbero essere come Weston: burberi e pessimi accompagnatori. Per non parlare del fatto che è il mio capo.

È altamente improbabile che la parte del capo sarà nuovamente un problema. Weston non ha intenzione di tirare le cuoia e passare le redini a qualcun altro. Giusto?

Tuttavia, sono esitante a uscire con un perfetto sconosciuto basandomi solo sull'aspetto, anche se si tratta solo di un drink.

«Cosa stai facendo?» La voce di Weston mi fa sobbalzare mentre si avvicina da dietro, e giro il telefono in modo che non possa vederlo.

«N-niente» balbetto.

Prende una tazza e si versa del caffè appena fatto da una delle receptionist qualche minuto fa. La sala relax profuma ancora di chicchi di caffè freschi.

«Nulla che abbia a che fare con incontri online?»

«Non che siano affari tuoi» dico, incrociando le braccia sul petto. «Ma sì, stavo guardando potenziali appuntamenti sexy.»

«Per te, o sei una di quelle amiche che organizza incontri agli altri?»

Deve davvero chiedermelo?

A sua difesa, è stato lui a invitarmi a bere qualcosa. Non sono stata io a cercarlo, anche se ero stata fin troppo amichevole, offrendomi di mostrargli la città se fosse nuovo.

Alla fine non lo era, solo nuovo nel palazzo ma non nella città.

«Non sono affari tuoi.» Evito di rispondere alla sua domanda. Non voglio che mi interroghi sul mio tipo ideale o, peggio, che mi rimproveri di nuovo per averlo piantato in asso quella prima sera quando siamo usciti a bere qualcosa.

«Quindi è per te» dice Weston. Aggiunge un goccio di panna al caffè e lo mescola prima di prenderne un sorso.

«Non ho detto questo.»

«Non ce n'era bisogno» dice lui, senza mai distogliere lo sguardo dal mio.

Distolgo lo sguardo, il suo è troppo intenso e audace perché io riesca a sostenerlo questo pomeriggio. «Dovrei tornare alla mia scrivania.»

«Il lavoro può aspettare. Siediti.» Fa cenno verso il tavolo della sala.

Non può essere una buona idea.

«Ho delle cose da fare» dico, indicando la mia scrivania. «Il team delle acquisizioni conta su di me.»

«Io conto su di te.» Lo sguardo di Weston si fa più intenso, e tira indietro la sedia. Striscia sul pavimento, cigolando in modo acuto, facendomi fare una smorfia.

L'ha fatto apposta?

Quest'uomo adora torturarmi.

«Siediti.» La sua singola parola è un comando, e io obbedisco.

Tiro fuori la sedia e mi siedo sulla superficie di legno. Aspetto qualunque cosa abbia intenzione di dire. Anche se, personalmente, non credo che questo sia il momento migliore se stiamo parlando di qualcosa di intimo come gli appuntamenti.

«Ho degli amici» dice Weston.

«Davvero?» Rido alla vista del cipiglio che si forma sul suo volto. «Ti fermo subito se pensi di potermi combinare un appuntamento con uno dei tuoi amici. Non succederà.»

È impazzito?

Non ho bisogno di un altro disastro con un Weston versione 2.0. Sarebbe terribile.

Weston sorseggia il suo caffè, con gli occhi che mi penetrano l'anima. «Se ricordo bene, mi devi ancora un appuntamento.»

Per fortuna non sono io quella che sta bevendo il caffè, o gliel'avrei sputato addosso. Involontariamente, ovvio. «Come, scusa?»

«La scommessa, o non la ricordi più?» Inclina la testa, e sento dei passi che si avvicinano alla sala relax.

Weston si alza, anche se questa volta fa più attenzione con la sedia, rimettendola a posto, quando Sloane entra. «Oh, sei tu» dice.

Non riesco a capire se sia sollevato o irritato dal fatto che, qualunque cosa dica, lei si schiererà dalla mia parte.

«Oh, e guarda un po', qui ci sei tu» risponde Sloane. «Questo testone ti sta dando fastidio?» Indica con il pollice nella sua direzione.

«No, va tutto bene. Stavo giusto tornando alla mia scrivania. Devo finire il report mensile che mi hai chiesto» dico a Sloane.

«Può aspettare» interrompe Weston. «Ho bisogno di vederti, signorina Emerson, nel mio ufficio.»

Seguo Weston nel suo ufficio, e Sloane mi lancia uno sguardo di scuse. Io mi limito ad alzare le spalle, non sapendo perché vuole portarmi a porte chiuse a meno che non abbia intenzione di rimproverarmi. Che cosa ho fatto questa volta?

«Accomodati» dice, indicando la sedia vuota di fronte alla sua scrivania. Chiude la porta dell'ufficio e sorseggia il caffè prima di sedersi dietro la scrivania.

«Dovresti fare attenzione a incontrare uomini sconosciuti su internet.»

«Non ho bisogno che mi proteggi» dico. Incrocio le braccia sul petto. «Mi sono sempre saputa prendere cura di me stessa.»

«Anche così, ci sono molti uomini su quelle app che non sono brave persone» dice, fissandomi. Come se dovessi capire cosa significa.

«Ho capito. Vogliono solo andare a letto con qualcuno. Va bene. A volte è tutto quello che cerco anch'io.»

Spalanca la bocca. L'ho lasciato davvero senza parole.

Bene.

Non è vero, neanche lontanamente, ma lui non ha bisogno di saperlo.

Voglio che pensi a ciò che si è perso quando era troppo occupato a guardare la bionda e a fissare il suo telefono tutta la sera. Per non parlare dell'incidente del fuoco. Il solo pensiero mi fa venire voglia di rinunciare agli appuntamenti per sempre.

«Forse a te non importa chi fai entrare nel palazzo, ma a me sì.»

«Sei preoccupato per chi mi porto a letto?» Mi passo le dita tra i capelli e appoggio la testa tra le mani. «Weston, questa non è una conversazione appropriata da avere con una dipendente.» Ha perso la testa?

«Non voglio uomini sconosciuti che vagano per i corridoi.»

«Ma che diavolo? Non so nemmeno come rispondere» dico, e mi alzo. «Non parlerò con te della mia vita sentimentale o sessuale, Wes.»

«Non chiamarmi così» ringhia, e un brivido mi attraversa il corpo.

Alzo la mano. «Non posso occuparmi di... qualsiasi cosa sia tutto questo» dico, e mi dirigo verso la porta, cercando di scappare dal suo ufficio.

«Ecco che scappi di nuovo.»

Con la mano sulla maniglia, inspiro profondamente. O lo affronto o faccio esattamente quello che dice, scappare.

Mi giro, e lui sta riducendo la distanza tra noi, avvicinandosi alla porta.

«Non avrei dovuto tornare qui a lavorare sotto di te» dico, e faccio una smorfia per il doppio senso. Non che ci sia andata a letto. Posso contare il numero di ragazzi con cui sono andata a letto sulle dita di una mano, e non sono molti.

Non sono il tipo di ragazza che vuole divertimento senza impegno. Non è il mio stile. Preferisco il romanticismo e la passione. Voglio essere travolta, non spazzata via.

«Cosa? Perché?» Weston non sembra cogliere minimamente il motivo per cui sono arrabbiata in questo momento. «Siamo una buona squadra. Lavoriamo bene insieme, e sì, non sono la persona più facile con cui andare d'accordo, ma tu fai davvero un buon lavoro.»

«È la prima volta che mi fai un elogio.»

Inclina la testa, i suoi occhi che perforano i miei. «Hai una fissazione per i complimenti?»

Le mie guance bruciano, e distolgo lo sguardo. «Questo non è appropriato, Weston. Non puoi dire una cosa del genere a una dipendente.»

L'angolo del suo labbro si solleva. «Stavo solo scherzando.»

Non credo stesse scherzando, e comunque è un incubo per le risorse umane. «Il tuo modo di flirtare fa schifo» dico, e mi metto più dritta e alta, come se non mi importasse. Non significa niente. Possono scivolarmi addosso le sue parole.

«Sì, probabilmente è un po' arrugginito» dice, e fa un passo indietro, dandomi la possibilità di parlare con lui o di scappare dal suo ufficio.

Considero entrambe le opzioni ma rimango vicino alla porta.

«Sei estenuante, lo sai?» chiedo.

«Così mi hanno detto.» Weston scrolla le spalle come se non gli importasse di quello che penso, ma forse, in fondo, gli importa. Si schiarisce la gola e guarda la scrivania. «Seriamente, stai facendo un ottimo lavoro qui. Dovrei farti dei complimenti, specialmente se questo ti può convincere a lavorare sotto di me.»

Mi sento a disagio per il modo in cui dice *lavorare sotto di me*, come se fosse al comando. E anche se in ufficio lo è davvero, è comunque un po' inquietante sentirlo dalle sue labbra.

Forse è perché più mi arrabbio con lui, più penso a lui. Sogno di lui. E quei sogni sono del tipo che non dovrei fare sul mio capo. Mi tengono sveglia di notte, quando mi sveglio eccitata, immaginando le sue mani e le sue labbra sul mio corpo nudo.

È per questo che devo uscire, incontrare dei ragazzi e trovare un uomo che non sia il mio capo o un Brontolone da frequentare. Continuo a sostenere che Weston sia un vero brontolone.

C'è l'accenno di un sorriso sul suo volto, come se sapesse a cosa sto pensando. Ma non può saperlo. Non è possibile.

«Mi devi ancora quell'appuntamento» dice.

«E ricominciamo, un'altra volta. Non succederà. Sono tornata e lavoro per te. Ho rispettato la scommessa.»

«Hai seguito una parte dell'accordo» dice Weston. «E sono serio riguardo al portare uomini sconosciuti a casa. Non è una cosa molto sicura da fare.»

«Ne prendo atto.»

«Stai attenta là fuori, tutto qui.» Weston fa un passo avanti, ed eccolo di nuovo, a invadere il mio spazio personale.

Mi aspetto quasi che mi tocchi, ma mantiene le braccia strette al petto. «Assicurati di parlare per un po' online con qualcuno prima di incontrarlo. E fallo in un luogo pubblico.»

«No, inviterò direttamente nel mio letto il primo uomo con cui faccio match online.» Giro il telefono e lo sblocco. Apro l'app, fingendo di fare esattamente come ho detto, quando lui mi strappa il telefono dalle mani.

«Ridammelo.» Non posso crederci! «Hai dodici anni?» chiedo, e cerco di riprendere il cellulare, ma lui sta scorrendo le foto, segnando ogni maschio come *no*. «Sei deplorevole. Solo perché tu non riesci a portarti qualcuno a letto non significa che io non debba farlo.»

Ride sottovoce. «Vedo che ti ho fatto innervosire.»

«Cosa significa? Non sono una poco di buono.»

«Non ho mai detto che lo fossi.» Weston guarda la mia app un po' più a lungo del necessario e clicca sullo schermo prima di restituirmi il telefono.

«Hai letto tutti i miei messaggi?» chiedo infuriata.

«No, li ho cancellati.»

Non riesco a capire se sia serio. Non sta sorridendo, ma sembra compiaciuto. Come se avesse ottenuto esattamente ciò che voleva. Non sono sicura di cosa fosse. Farmi arrabbiare? O ha davvero cancellato messaggi che non ho ancora visto? «Spero che tu stia scherzando.»

«Non dovresti usare app di incontri durante l'orario di lavoro» dice Weston.

«Ero in pausa e non stavo usando le risorse dell'azienda.»

La sua lingua scatta fuori e lui si accarezza la mascella. «Tieni la tua vita privata fuori dall'ufficio, Signorina Emerson, e non avremo problemi.»

«L'unico problema che vedo, sei tu» mormoro, e spalanco la porta del suo ufficio.

«Come prego?»

«Mi hai sentito, *Brontolone*.»

«Quella parola non esiste nemmeno.»

Il suo sguardo è su di me mentre torno alla mia scrivania. Lascio ondeggiare i fianchi e gli offro uno spettacolo. È questo che vuole? Un piccolo stuzzicamento? Pensa che perché siamo usciti una volta, nel peggior appuntamento della mia vita, io gli debba un secondo tentativo?

Non c'è la minima possibilità.

Non uscirò mai più con Weston Grump. Preferirei camminare sui carboni ardenti e poi su un letto di chiodi piuttosto che passare un altro minuto fuori dal lavoro con lui.

Mentre si avvicinano le cinque, mi dirigo alla scrivania di Sloane. «Un drink?» chiedo.

«Non posso stasera. Non hai quella prova del vestito per il matrimonio di Clare?»

I miei occhi si spalancano. Me ne sono completamente dimenticata. «Merda» mormoro, e guardo l'orologio. Non c'è modo di arrivare dall'altra parte della città prima che il negozio chiuda.

Chiamo Clare e prego che risponda al cellulare.

«Non sei qui» dice Clare. Nemmeno un ciao.

«Mi dispiace. Il Signor Grump mi ha fatta agitare e ho perso la cognizione del tempo.» Evito di menzionare che avevo completamente dimenticato che avrei dovuto uscire prima e prendere la metropolitana per attraversare la città.

«Accidenti. Mi stavo chiedendo cosa fosse successo quando non ti sei presentata venti minuti fa. Le mie modifiche sono finite, quindi sono già qui e posso ritirare il vestito per te. Ma devi assicurarti che ti stia bene prima del matrimonio. Se non vieni oggi, il termine ultimo per le modifiche sarà dopo il matrimonio. La sarta del negozio di abiti da sposa non potrà farlo.»

«Lo so. Troverò qualcuno che lo sistemi all'ultimo minuto se il vestito avesse bisogno di modifiche.»

«Okay, che ne dici se passo da casa tua con il vestito quando ho finito? Possiamo ordinare qualcosa da asporto. Levi è fuori città per lavoro stasera e odio stare sola. Non so come fai tu.»

«Grazie» mormoro con una risata. So che non intende nulla di offensivo, ma è venuto fuori un po' brusco.

«Offro io la cena, visto che prendi tu il vestito. A che ora passerai?» chiedo.

«Non prima delle sette con il traffico.»

Prendo la metropolitana per tornare a casa, evitando Weston. Forse non dovrei lasciare che ciò che ha fatto mi infastidisca, ma quell'uomo ha la straordinaria capacità di farmi innervosire. Lo fa con tutti?

E poi, meglio lasciare che pensi abbia un appuntamento bollente.

Arrivo a casa molto più tardi di quanto avrei fatto con l'autista di Weston. Non che il traffico sia meglio della metropolitana, ma i treni sono tutti in ritardo.

Sulla strada di casa, mi fermo a prendere del cibo cinese da asporto e ordino per entrambe, forse fin troppa roba. Arrivo a casa prima di Clare e prendo posate e piatti, apparecchiando la tavola.

C'è un leggero colpo alla porta, e la apro, sorpresa di trovare un bambino piccolo che vaga nel corridoio.

«Dov'è la tua mamma?» chiedo, chinandomi al suo livello.

Mi guardo intorno, e la porta del 4B è spalancata.

Non è lì che vive Weston?

«Wes?» chiamo, e faccio una smorfia, rendendomi conto che prima si è arrabbiato per il soprannome che gli avevo dato. «Weston?» provo di nuovo.

Il bambino indica la porta aperta, ed entro, guardandomi intorno. Il condominio è pulito e ordinato. Ci sono piatti sul bancone e cibo sulla tavola per la cena.

«C'è il tuo papà in casa?» chiedo.

Il bambino, che non può avere più di tre anni, scuote la testa.

Sul pavimento c'è una donna con i capelli grigi.

È sua nonna?

Mi precipito al suo fianco e premo le dita sul punto dove si sente il polso, cercando qualsiasi segno di attività mentre tiro fuori il telefono dalla tasca dei pantaloni, componendo il 9-1-1.

Riferisco che c'è una donna priva di sensi e senza battito nell'appartamento 4B. Do l'indirizzo mentre inizio le compressioni toraciche, cercando di aiutarla.

I paramedici arrivano e continuano a cercare di rianimare la donna mentre Clare sale con l'ascensore.

«Stai bene?»

«Sto bene. La mia vicina. Credo abbia avuto un infarto. Devo chiamare Weston.»

«Perché?»

«Questo è il suo appartamento. Potrebbe essere sua madre.» Faccio entrare il bambino nel mio appartamento ma lascio la porta spalancata nel caso Weston tornasse a casa.

Chiamo il suo numero, ma non risponde.

Ovviamente. Probabilmente è ancora arrabbiato con me perché voglio avere una vita al di fuori del lavoro. Gli mando un messaggio, sperando che così mi risponda più velocemente.

Elisa: Hai un bambino? Sta bene comunque, ma tua madre è stata portata in ospedale. L'ho trovata priva di sensi a casa tua.

Weston: Che diavolo ci facevi in casa mia?

Questa è la sua risposta? Non un semplice grazie, o "tornerò presto". Mostro il messaggio a Clare.

«Ahi. Probabilmente è solo preoccupato per sua madre. Ma insomma, hai iniziato il messaggio con un'accusa.» Clare dice le cose come stanno, che io voglia la verità o meno.

È troppo tardi. Non posso cancellare il messaggio. L'ha già letto e risposto.

Clare, il bambino e io ceniamo a casa mia. Dopo che i paramedici sono andati via e ho contattato Weston, ho chiuso la porta a chiave.

Il signor Brontolone sa dove vivo. E comunque, forse andrà direttamente in ospedale. Anche se mi ha detto che stava tornando a casa.

«Hai un nome?» chiede Clare. Sorride al bambino mentre lui scuote la testa. «Scommetto che ce l'hai.»

Le sue guance diventano rosse e corre a nascondersi dietro il divano.

Mi siedo sul pavimento, con la schiena appoggiata alla parete opposta al divano così da poter vedere il bambino e assicurarmi che non combini guai. «Io sono Elisa,» dico.

Il bambino ha gli occhi più luminosi e allo stesso tempo più scuri che abbia mai visto. È una tale contraddizione, eppure cattura il mio sguardo. È senza dubbio il figlio di Weston. I capelli, il sorriso. Persino la stessa fossetta sulla guancia destra.

Fa un passo indietro, sbattendo contro il muro, ma non si muove di un millimetro. Mi fissa, e mi ricorda così tanto Weston che è inquietante.

Dov'è la madre del bambino? Weston non ha mai menzionato di essere sposato, ma ha anche trascurato di dirmi che aveva un figlio.

Faccio un profondo sospiro mentre Clare pulisce i piatti della cena e io tengo d'occhio il piccolo. Non voglio rischiare che combini qualcosa e che suo padre dia la colpa a me.

Gioco con il mio telefono, alzando lo sguardo verso il bambino di tanto in tanto. Lui osserva con curiosità prima di lanciarsi su di me, cercando di lottare per prendermi il telefono.

«Oh, sei proprio come tuo padre,» rido mentre il bambino cerca di afferrare il mio cellulare.

Clare mi guarda da sopra la spalla. «Credo di essermi persa qualcosa.»

«Wes ha deciso di prendermi il telefono ed eliminare i messaggi della mia app di incontri al lavoro.»

«Aspetta, cosa? E... *Wes*?» Clare sorride. «Wow, gli hai dato un soprannome.»

«Solo perché so che lo odia. Sì, sono così stronza.»

«Stronza,» ripete il bambino, e mi strappa il telefono dalle dita.

«No, no, no. Non puoi dire quella parola.»

C'è un colpo deciso alla porta, e Clare va ad aprire prima che io possa alzarmi. «Tyler?» dice Weston, tralasciando ogni convenevole.

«È proprio lì,» dice Clare, e indica noi due sul pavimento. Il bambino sta ancora lottando per prendere il mio telefono, ma nel momento in cui vede Wes, allenta la presa.

«Papà,» strilla Tyler, e corre verso suo padre.

Weston si china e solleva Tyler tra le braccia, dandogli un enorme abbraccio e diversi baci. Sembra un momento così intimo che mi sento un'intrusa.

«Mi dispiace per tua madre. Andrai in ospedale ora per vederla?» chiedo, alzandomi e avvicinandomi a loro.

Clare fa un passo indietro, rimanendo in cucina, anche se può vedere e sentire tutto quello che succede. Il mio appartamento non è enorme, ma c'è abbastanza spazio per essere confortevole. Del resto, ci vivo solo io.

«Lei non è... Martha è la tata di Tyler.»

«Oh. Pensavo che le tate fossero ventenni appena uscite dall'università.»

«Quello è uno stereotipo,» replica Clare. «Io ero la tata di Amelia.»

«Sì, ma tu sei giovanissima,» dico, guardando Clare da sopra la spalla.

«Ventinove anni.»

Ho cinque anni più di Clare. Il mio orologio biologico sta ticchettando. Rivolgo di nuovo l'attenzione a Weston. «C'è qualcosa che posso fare?» chiedo. Non sono sicura di come aiutare, ma i suoi occhi sono cupi e stanchi, il suo volto afflitto.

Dev'essere legato a Martha.

«Passerò dall'ospedale per vedere cosa posso scoprire,» dice Weston.

«Vuoi che badi a Tyler?» chiedo, avendo appreso finalmente il suo nome.

Guarda da Tyler a me come se non fosse sicuro che sia una decisione saggia.

«Resterò ad aiutare,» offre Clare. «Ho badato ad Amelia da quando aveva cinque anni.»

La fronte di Weston si corruga. Non sembra convinto che noi due possiamo gestire un bambino piccolo. «Tyler ha tre anni, e il tuo appartamento non è a prova di bambino.»

«Ci stai chiedendo di badare a lui a casa tua?» Non sono sicura di cosa stia cercando di dire. Sta cercando di usarlo come scusa o sta valutando l'idea?

«Se starai via per un po',» interviene Clare, «potrebbe essere meglio restare dove lui è abituato. Soprattutto visto che presto sarà ora di andare a letto.»

«Niente nanna.» Tyler si agita tra le braccia di Weston, cercando di liberarsi.

Weston emette un pesante sospiro. «Siete sicure? Posso anche portarlo con me.»

«No, non puoi.» Faccio un passo avanti verso i due ragazzi con le fossette più adorabili che abbia mai visto. Di uno potrei facilmente innamorarmi. Dell'altro, è un pensiero che non dovrei nemmeno contemplare. «Gli ospedali non permettono le visite dei bambini, e sarà la sua ora di andare a letto prima che tu ritorni. Giusto?»

«Niente ora di andare a letto,» ripete Tyler di nuovo.

«Dannazione, Elisa.»

«Dannazione. Dannazione. Dannazione,» canta Tyler.

Weston geme, non contento, ma non cerca comunque di fermarlo. Immagino che sia sopraffatto da tutto ciò che sta accadendo.

«Va bene, tranquillo. Possiamo occuparci di un bambino per un paio d'ore,» dico.

«Giuro che tornerò appena riuscirò ad avere un aggiornamento dall'ospedale. Ti manderò un messaggio quando saprò qualcosa.»

Weston accompagna Clare nel corridoio fino alla sua porta mentre io chiudo a chiave il mio appartamento. Infilo il telefono in tasca e li seguo dentro. C'è un piatto rotto sul pavimento che deve essere spazzato.

Weston mi consegna Tyler. «Devo ripulire questo pasticcio prima di andare.»

«Ce ne occupiamo noi,» dico. «Ti prometto che possiamo gestirlo mentre tu vai a trovare la tata in ospedale. Dovresti probabilmente contattare anche la sua famiglia. Fargli sapere cosa sta succedendo. Sono sicura che saranno preoccupati e vorranno risposte.»

«Non ha nessuno,» dice Weston. «E non lascerò questo pasticcio a voi da pulire mentre vi occupate di mio figlio.»

Suo figlio.

Solo sentire queste parole lo rende concreto. Ho così tante domande, ma non mi sembra giusto farle, almeno non adesso. Ma è chiaro che forse il Brontolone non è poi così cattivo, dopotutto.

Il bambino sicuramente gli è affezionato, e forse c'è

un lato più dolce di Weston che non ho visto prima di oggi.

Clare pulisce il cibo che è rimasto sul bancone e si occupa dei piatti mentre Weston raccoglie i piccoli frammenti del piatto che si è rotto. Si assicura che il pavimento sia sicuro e immacolato, passando l'aspirapolvere sul pavimento in legno prima di dare a Tyler un abbraccio da orso.

Weston mi dà un'infinità di istruzioni mentre esce dalla porta, spiegandomi l'orario della nanna, mostrandomi dov'è la sua camera da letto, come se non fossi in grado di capire che il letto a forma di macchina da corsa rosso brillante era per un bambino di tre anni.

«Non metterti in testa che io sia una babysitter gratuita mentre tu vai a fare incontri piccanti,» scherzo con Weston mentre sta per uscire dalla porta d'ingresso.

«Non è divertente, Elisa.»

Ma giuro di cogliere un accenno di sorriso sulle sue labbra.

Esce dalla porta, e restiamo solo noi tre.

Tyler non sembra essere turbato quando suo padre se ne va, il che è un sollievo. È occupato a giocare con il suo telefono giocattolo, che in realtà è un vero telefono, piuttosto vecchio. Non sono sicura di quanto sia sicuro per un bambino della sua età, ma suo padre gliel'ha dato.

Non sta a me dire nulla. Solo assicurarmi che non si faccia male.

Dopo che Tyler viene cambiato con il pigiama e messo a letto con una storia, spengo le luci e chiudo la porta della sua camera da letto, dirigendomi in salotto con Clare.

«Per quanto tempo pensi che starà via?» chiede Clare.

«Hai bisogno di andare? Posso occuparmene io da qui in poi. Sei stata di grande aiuto.»

Il sorriso sul volto di Clare si allarga ancora di più. «Col cavolo, non vado da nessuna parte. Il vero divertimento inizia ora che il bambino dorme e non può fare la spia.»

«Di cosa stai parlando?» La fisso perplessa.

«Possiamo curiosare per la casa del tuo capo,» dice Clare. «Vedere cosa possiamo scoprire. Non sapevi che aveva un figlio. Chiaramente, sta nascondendo dei segreti. Non sei nemmeno un po' curiosa? Voglio dire, la madre di Tyler è ancora presente? C'è una signora Grump?»

Gemo e mi lascio cadere sul divano in un mucchio, con la testa tra le mani. «Non sono sicura di volerlo sapere.»

«Beh, io voglio saperlo,» dice Clare, e se ne va a passo deciso nel corridoio. «Sei libera di unirti a me o fare da vedetta per quando Weston torna a casa.»

Guardo il mio orologio. È già via da più di un'ora. «Potrebbe tornare da un momento all'altro.»

«Ti ha mandato un messaggio?» chiede Clare.

Controllo il mio telefono. «No.»

«Beh, ha detto che ti avrebbe scritto quando avesse avuto notizie. Non credo che tornerà prima di averti scritto.»

Tutto dentro di me urla che questa è una pessima idea, ma seguo Clare nella camera da letto di Weston. «Hai fatto lo stesso con Levi?» chiedo.

«No, ma Levi non teneva segreti come avere un figlio. Se l'avesse fatto, beh, non ci saremmo mai incontrati.» Clare fa un sorrisetto e va dritta al cassettone. «Gli uomini tengono sempre le cose buone dietro i calzini o la biancheria.»

«E tu come lo sai?» chiedo.

«Non è lì che tieni i tuoi sex toys?»

«No, io tengo i miei nel cassetto del comodino.»

Clare scoppia a ridere. «Non dovevi ammettere di avere sex toys.» Sorride maliziosamente.

Alzo gli occhi al cielo e afferro un cuscino dal letto di Weston, lanciandoglielo contro. «Era solo un vibratore, comunque. Come se fosse un gran che.»

Weston si schiarisce la gola dietro di noi. «Che diavolo sta succedendo?» È in piedi sullo stipite della porta, e ci fulmina con lo sguardo.

Clare si gira, cercando lentamente di richiudere il cassetto del comò, ma cigola, attirando la sua attenzione.

Mi lancia il cuscino e corre fuori dalla camera da letto. Weston la lascia scappare. Ma blocca l'ingresso della porta, assicurandosi che io non gli sfugga.

Sprimaccio il cuscino tra le mani, usandolo come una distrazione momentanea. Potrei lanciarglielo, cercare di scivolare intorno a lui e correre di nuovo nel mio appartamento.

Ma dovrò affrontarlo domani al lavoro.

Mi lascerà mai dimenticare questo momento?

Non sono una codarda. Ma non sono nemmeno pronta ad essere umiliata. Beh, sembra che sia troppo tardi per quello. Rimetto il cuscino sul materasso come se non avessimo appena curiosato nella sua camera da letto.

«Siediti,» abbaia. Esce come un comando, e io obbedientemente faccio come mi viene detto.

Piazzo il mio sedere sul bordo del letto, e Weston si avvicina minaccioso, intrappolandomi tra lui e il materasso.

«Manchi sempre di rispetto alla privacy degli altri?» Weston mi fissa dall'alto e io rabbrividisco.

«Hai tenuto Tyler segreto. Quali altri segreti stai nascondendo?»

«Non sono affari tuoi,» ringhia, e fa un passo indietro

mentre percorre la lunghezza della sua camera da letto.

Faccio un piccolo sospiro di sollievo quando si allontana abbastanza da non torreggiare più su di me, invadendo il mio spazio personale.

Weston allenta la cravatta e se la sfila. Senza dire una parola, sbottona il primo bottone della sua camicia elegante.

Cerco di non eccitarmi al pensiero che il mio capo potrebbe benissimo spogliarsi davanti a me.

Anche se ha mostrato più pelle quando si è arrotolato le maniche.

È silenzioso. Ma non è calmo. Il suo atteggiamento è cupo e si fa più rovente ogni secondo che passa. «Che cosa stavi cercando?» chiede Weston.

Lo guardo, la sua domanda mi coglie alla sprovvista. «Hmm?»

«Cosa ti aspettavi di trovare?» Weston indica il comò.

Onestamente non lo so. Non era nemmeno una mia idea, ma non darò la colpa a Clare. Ho assecondato tutto. Avrei potuto fermarla, ma non l'ho fatto.

«Sei sposato?» sbotto.

«Dimmelo tu, signorina Emerson la detective.» Mi sta prendendo in giro. «Ci sono delle fotografie sulle pareti del soggiorno. Ha visto prove di un matrimonio? Una moglie? Una luna di miele?»

«Non ho notato nulla.»

Toglie i gemelli dalla camicia e si avvicina al comò. Apre il cassetto superiore, prende una piccola scatola e solleva il coperchio, mettendo i gemelli all'interno. «Ma hai trovato ragionevole frugare nella mia camera da letto?»

Sarebbe facile dare la colpa a Clare. «Non hai mai menzionato un bambino quando siamo usciti per un appuntamento.» Odio tirare fuori l'argomento, quell'appuntamento infernale. Sebbene, come mio capo, potrebbe non confidarmi che ha un figlio, avrei sperato che si fosse aperto al riguardo quando uscivamo insieme.

«È stato un solo maledetto appuntamento, Elisa. Le mie avventure di una notte non hanno bisogno di sapere di mio figlio.»

È questo che voleva quella notte al bar? Un'avventura di una notte.

«Dopo che me ne sono andata, sei tornato a casa con la bionda?» Non posso fare a meno di sentire una fitta di gelosia insinuarsi nelle mie vene. Perché dovrebbe importarmi? Non dovrebbe avere importanza. Non siamo niente. Non siamo mai stati nulla. Ma fa ancora male che la sua attenzione fosse rivolta a lei invece che a me.

«Cosa?» scatta, e chiude con forza il cassetto. Si arrotola le maniche. Il suo viso è rosso. C'è sudore sulla sua fronte. Il riscaldamento è un po' troppo alto, come se fossimo sotto una lampada termica a cuocere.

«La bionda che continuavi a guardare durante il nostro appuntamento. L'hai portata a casa? Ovviamente hai un debole per le bionde.»

Solleva un sopracciglio. «Pensi di avermi inquadrato completamente, signorina Emerson. Ti assicuro che non è così.»

«Perché mantieni dei segreti,» ribatto.

«Non sono l'unico.» Weston si avvicina al letto, e io vorrei alzarmi, ma sono congelata dentro. «E il fatto che abbia tenuto Tyler segreto è perché nessuno ha bisogno di sapere di mio figlio. Non sono affari di nessun altro.»

«Non capisco. Non hai nemmeno una sua foto nel tuo ufficio.»

Weston passa le dita tra i suoi folti capelli scuri. I suoi capelli sono disordinati e ondulati. Lo fanno sembrare ancora più magnetico e sexy. Maledetto.

La sua mascella è tesa, e il suo sguardo è fisso su di me. Più a lungo mi fissa, più desidero allungare la mano e tracciare la barba lungo la sua mascella. La durezza che emana va ben oltre il suo aspetto.

Invece, tengo le mani ben ferme in grembo, guardandolo, aspettando che risponda.

«Immagino che tu non abbia mai frequentato un miliardario.» Inclina la testa, osservando la mia reazione. Sta cercando di provocarmi?

«Non sapevo che fossi un miliardario,» sussurro. Non vive lo stile di vita sfarzoso di qualcuno che è ricco oltre ogni misura. Abita nel mio stesso palazzo, del resto. Chi lo fa?

«Non lo rendo di pubblico dominio né ho l'abitudine di raccontare a tutti i miei segreti,» dice Weston. Si schiarisce la gola. «Mio figlio non ha bisogno di essere una pedina nel gioco di qualcun altro. Non merita di essere fotografato e messo in mostra come un animale selvatico allo zoo.»

«Nessuno sta suggerendo questo, Weston,» dico. Passo le dita sui pantaloni. Le mie mani sono sudate, ma almeno non mi sta più rimproverando per essermi intrufolata nella sua camera da letto. La conversazione è centrata su di lui, cosa che preferisco. Voglio sapere tutto ciò che c'è da sapere su Weston Grump.

«Tu forse no, ma hai visto i titoli con la mia faccia come 'Scapolo dell'Anno'? Come se fosse un fottuto titolo che desidero,» sibila, e si appoggia al muro. Scioglie i lacci neri delle sue eleganti scarpe e se le toglie, una alla volta. «Ricevo già abbastanza notorietà dall'azienda di mio padre, la *mia* azienda,» dice, correggendosi.

La sua mascella si contrae. «Non ho chiesto niente di tutto questo, e troppe donne, nel momento in cui capiscono chi sono, vogliono più di una sola notte.»

«Sei sicuro che non sia per il tuo spirito e il tuo fascino?»

Mi lancia un'occhiataccia. «Non ho bisogno di una donna affamata di denaro che cerca uno sugar daddy.»

«Non frequenti cacciatrici di dote?»

«Non frequento nessuno,» chiarisce, e si schiarisce la gola, guardando altrove. C'è un barlume di qualcosa, ma non riesco a decifrarlo.

È nostalgia?

Desiderio?

Certamente non prova nulla del genere per me. E se lo facesse, salterei dalla finestra. Siamo una coppia nata nell'inferno.

SIX

Weston

NESSUNO DOVEVA SCOPRIRE DI TYLER. Dannazione!

Non è che mi vergogni di mio figlio, anzi, è l'esatto contrario: voglio proteggerlo. E non posso farlo se può essere usato come strumento contro di me.

Rinuncerei a tutto per proteggere Tyler, e temo che qualcuno possa approfittare di questo fatto.

Rapirlo.

Chiedere un riscatto.

E come se queste paure non bastassero a far impazzire un uomo, il fatto che sia nato con un raro disturbo genetico non aiuta di certo.

Non che si possa capire guardandolo quanto sia fragile dentro.

«Che vuoi dire con "non esco con nessuna"?» Elisa mi fissa con desiderio, seduta sul bordo del mio materasso.

Ma cosa diavolo mi è saltato in mente di ordinarle di sedersi sul mio letto? Avrei dovuto trascinarla fuori dalla mia camera, in cui stava curiosando, e farla sedere sul divano di fronte a me.

Non so spiegare la scintilla che provo quando sono vicino a Elisa. È magnetica, come una corrente elettrica attratta dall'acqua. È letale e pericolosa, eppure continuo a pensare a lei.

Quando non rispondo abbastanza velocemente, la sua lingua accarezza il labbro inferiore, che poi mordicchia nervosamente.

«Cosa diavolo stavamo facendo, Weston? Quando mi hai chiesto di uscire per un drink?» chiede Elisa. Non può lasciar perdere ebasta?

Cosa non darei per far tacere quelle labbra.

Faccio un passo avanti, le mie gambe le impediscono di muoversi, il mio corpo la intrappola contro il letto. Mi chino, il pollice le solleva il mento, i nostri sguardi si incrociano. «Pensavo che mi avresti invitato a casa tua.»

Lei sbuffa alle mie parole e si libera dalla mia presa, spingendomi indietro mentre si alza e si dirige fuori dalla mia camera.

«Non sono solo una ragazza con cui puoi scopare» dice Elisa.

«Lo abbiamo già stabilito.» Non avrei dovuto invitarla a uscire. Era stato stupido, pensare di poter andare a letto con una ragazza che vive nello stesso palazzo. Speravo in qualche incontro occasionale. Una situazione tipo amici con benefici.

E lei aveva attirato la mia attenzione. Il mio cazzo aveva reagito istantaneamente quando l'avevo vista, ma al nostro appuntamento, si era rivelata completamente diversa da come l'avevo immaginata. Quello è stato il mio errore.

Non sono orgoglioso di avere lo status di scapolo.

Tuttavia, non cerco impegni o relazioni. Non regalo esclusività. Non sono il tipo di uomo che le donne vogliono sposare, a meno che non sia per i miei soldi.

No, grazie.

Elisa prende la sua borsa dal divano. «Spero che la tua tata stia bene. Ci vediamo al lavoro domani.»

Si dirige verso la porta d'ingresso, sbattendola dietro di sé.

Sobbalzo, sperando che non abbia svegliato Tyler.

«Martha è morta» sussurro, non che Elisa possa sentire una parola di quello che sto dicendo. È già nel corridoio, diretta verso casa sua.

Domani sarà estenuante. Non riesco nemmeno a immaginare come gestirò Tyler tutto il giorno. Non posso semplicemente portarlo all'asilo nel suo giorno libero. Ci va solo tre giorni alla settimana.

E lavorare da casa non è logisticamente possibile.

Dovrò portarlo con me. È l'unica cosa sensata. Chiudo a chiave la casa e spengo le luci. Le ragazze hanno fatto un buon lavoro pulendo la cucina e i piatti. Non c'è molto altro da fare se non andare a letto.

Controllo Tyler, assicurandomi che stia dormendo profondamente prima di andare in camera mia. Salto in doccia, sperando che mi rinfreschi, ma l'unica cosa che fa è farmi pensare alla ragazza della porta accanto.

Elisa Emerson.

Nuda.

Che si contorce tra le mie braccia mentre spingo il mio cazzo in profondità dentro il suo corpo tremante. La sua fica che si stringe e si contrae intorno al mio asta, tenendomi a lei.

La mia doccia fredda diventa calda, e sto accarezzando la mia lunghezza, immaginando che sia la sua mano, le sue labbra, la sua fica a circondarmi.

Non dovrei pensare a lei.

Non solo perché è una mia dipendente, ma cazzo, è stato un primo appuntamento pessimo. Il peggiore.

Certo, non è colpa sua se i suoi capelli hanno preso fuoco. Dovrei fare causa alla cameriera che ha dimenticato di spegnere lo shot fiammeggiante prima di versarlo nella birra. Non che abbia bisogno di soldi. E non ho intenzione di combattere le battaglie di Elisa al posto suo.

Finisco sotto la doccia, prendo un asciugamano e vado in camera da letto per asciugarmi. Il mio telefono emette un suono perché qualcuno mi ha appena inviato un messaggio.

Mi avvicino al comodino e guardo il telefono. È di Elisa.

Mi asciugo le mani, assicurandomi che non siano bagnate quando prendo il telefono. L'asciugamano cade e lo dimentico sul pavimento pavimento.

Aprendo l'app, leggo il suo messaggio.

Elisa: Scusa per aver ficcanasato.

Clicco sullo schermo per scrivere e accidentalmente passo il dito sul pulsante della videochiamata.

Lei risponde prima che io possa riagganciare.

«Stai accettando le mie scuse...» non finisce la frase. «Weston, sei nudo,» dice con voce roca.

Lo schermo non mostra nulla più del mio torso, ma ha ragione, sono nudo. E decisamente non avevo intenzione di chiamarla mentre mi asciugavo dopo la mia doccia calda, dove mi sono masturbato pensando a lei.

Non posso innamorarmi di Elisa.

L'ho già fatto una volta, e non è andata bene per nessuno dei due.

«Sono solo in pigiama,» dico. È una bugia, ma non può vedere nulla sotto la mia vita.

È ovvio che sta arrossendo. Le sue guance sono rosse, e distoglie lo sguardo dallo schermo.

La metto in imbarazzo?

O è eccitata in questo momento perché è attratta da me?

«Guardami,» le dico.

Lei arriccia il naso e chiude gli occhi, girando la testa verso lo schermo. «Ti sei già messo una maglietta?»

«No, ti ho detto che sono in pigiama.»

«Aspetta, dormi nudo?»

Non posso fare a meno di ridere mentre mi lascio cadere sul materasso e tengo il telefono posizionato in modo che non veda altro che il mio viso e il petto. «Vuoi davvero saperlo?»

«No, non voglio. Mi dispiace di averti scritto,» dice Elisa.

«Aspetta.» Non sono ancora pronto a farle chiudere la chiamata.

Lei alza un sopracciglio, interessata.

«Cos'era quella storia che stavi raccontando prima a Clare sul tuo vibratore?»

I suoi occhi si spalancano inorriditi. «Buonanotte, Weston!» Chiude la chiamata.

Prendo un paio di boxer dal mio cassettone e li indosso nel caso in cui Tyler si svegliasse nel mezzo della notte. È lui il motivo per cui non dormo nudo.

Non sono stanco. C'è qualcosa in Elisa che mi fa venire voglia di non chiudere gli occhi e addormentarmi. Forse è l'adrenalina di starle vicino. Mi fa provare cose a cui avevo rinunciato, emozioni che avevo giurato di non far riemergere mai più.

Sdraiato a letto, scarico l'app di incontri che ha Elisa, curioso di sapere di cosa si tratta. Non sono mai stato uno che frequenta online. Trovo donne nei bar, nel mio palazzo, mentre faccio arrampicata, ovunque vada.

Inoltre, online significa che devo compilare un profilo e far sapere alle persone chi sono. Preferisco mantenere vivo il mistero.

Mi iscrivo con un account, non che abbia intenzione di usarlo. Avendo ricordato il nome utente di Elisa, lo digito nella barra di ricerca e mi sento euforico quando appare la sua foto.

Che diavolo c'è che non va in me?

Non dovrebbe importarmi con chi esce. Siamo usciti insieme ed è stato orribile. Eppure, non riesco a smettere di pensare a lei. Chiaramente, è andata d'accordo con Tyler, e significa molto per me il fatto che sia stata gentile e rispettosa con mio figlio.

Forse non dovrebbe essere chiedere molto, ma non lo presento a molte persone. Tengo separati la mia vita lavorativa e la mia vita privata. Beh, lo facevo finché Elisa ed io non siamo diventati vicini di casa. Ma non è stata colpa sua.

E tra pochi mesi, i lavori a casamia termineranno e potremo lasciare l'appartamento che stiamo affittando e tornare a casa.

Spulcio il profilo di incontri di Elisa, leggendo tutto sui suoi interessi, cosa le piace e cosa non le piace.

Scorro le foto che ha condiviso online. Le immagini sono di lei e delle sue amiche, tra cui Clare e Sloane. In una fotografia scattata all'esterno durante una partita di baseball, sta bevendo e ridendo. In un'altra, è seduta accanto a un falò al tramonto e in un'escursione con i suoi amici. C'è una foto di lei in spiaggia con un bikini rosso brillante, e dannazione se è bellissia.

Ma quella foto mi preoccupa che possa attirare dei maniaci.

In ogni immagine, ha un sorriso naturale. Le foto non sembrano forzate. Si sta divertendo e godendo la vita.

Prima di guardare le foto, non l'avrei considerata una ragazza amante della natura. Voglio conoscere la vera Elisa, al di là dei muri che abbiamo costruito attorno a noi stessi e l'uno con l'altra.

Creo un profilo. Prendo alcune foto che ho dall'ultima volta che sono stato in spiaggia. Taglio la testa, assicurandomi che chiunque possa vedere solo il mio corpo. Non ci sono segni riconoscibili o tatuaggi nelle fotografie che possano tradirmi.

Clicco sul suo profilo e, dopo aver messo "mi piace", le mando un messaggio tramite l'app di incontri. Devo solo aspettare e vedere se risponde.

Se mai scoprisse che sono io l'uomo dietro l'account, non sono sicuro che mi perdonerebbe.

———

La mattina dopo, non ho altra scelta che portare Tyler al lavoro con me. Non è l'ideale, ma non posso chiedere al mio autista di badare a lui.

In quanti guai può mettersi un bambino di tre anni dentro ad un ufficio?

Speriamo non molti. Mi vesto e mi assicuro che Tyler sia pronto, con una busta di snack e giocattoli gettati in uno zaino. Lo porto in ascensore.

Elisa ci sta già aspettando quando scendiamo di sotto.

«Ciao, Tyler,» dice Elisa, accogliendolo con un sorriso caloroso. «Non sapevo che saresti venuto con noi oggi.»

«Non ho altre soluzioni per la tata,» dice Weston, e si schiarisce la gola.

«Vuoi che chiami Clare e le chieda se può aiutare a tenerlo?»

«Perché dovrei farlo?»

Il labbro inferiore di Elisa sporge in fuori. È adorabile quando fa il broncio. «Perché è una tata, e tu chiaramente hai bisogno di aiuto.»

«È solo una babysitter glorificata. Senza offesa,» dico. «Una tata è qualcuno che vive in casa mia e mi aiuta con Tyler. Non voglio che diverse babysitter entrino nella sua vita.»

«Temi che prenda esempio dal suo vecchio e diventi uno scapolone?» scherza Elisa.

«Vecchio?» ripeto. Elisa è solo di qualche anno più giovane di me, non molto.

«È un modo di dire. Rilassati,» dice mentre ci dirigiamo fuori nel momento in cui Camden si ferma davanti all'edificio.

Vedendo Tyler tra le mie braccia, Camden apre il bagagliaio e prende il seggiolino di mio figlio. Lo fisso nel veicolo, assicurandomi che sia sicuro prima di allacciare mio figlio all'interno. Salgo sul sedile anteriore, dato che non c'è abbastanza spazio comodo per tutti e tre.

«Tutto bene?» chiede Camden, guardandomi.

Scuoto la testa. «Martha ha avuto un attacco di cuore ieri sera.»

«Oh no, è terribile,» dice Camden.

«È stato decisamente scioccante,» mormoro, e mi strofino la fronte. Ho dormito a malapena la scorsa notte, chiedendomi come avrei gestito Tyler da solo.

Martha era come una di famiglia, mi ha aiutato a crescere Tyler dal momento in cui è tornato a casa dall'ospedale.

Tyler stringe il suo peluche. È attaccato a quel dinosauro blu, se lo porta ovunque e ci dorme insieme. Il che non sarebbe un problema, ma il numero di volte in cui lo dimentichiamo o lo perdiamo rende l'ora di andare a letto atroce.

Martha era brava a ricordarsi di Roar. Così Tyler ha chiamato il suo morbido amico blu.

Elisa sta parlando dolcemente a Tyler, e giuro che sta facendo riaddormentare il bambino. È la sua voce rilassante?

Di solito è un chiacchierone a quest'ora, e ciò richiede una dose extra di caffeina per rimanere svegli.

Mi volto a guardarla da sopra la spalla e lei sta giocando con il suo telefono, dato che Tyler sembra essersi addormentato.

Sta guardando l'app di incontri? Ha visto che ha un nuovo match e un nuovo messaggio?

Fissa attentamente il suo telefono e alza lo sguardo quando mi coglie a osservarla. «Hai detto qualcosa?» chiede.

«Mi stavo solo chiedendo cosa ti tiene incollata al telefono.»

«Un appuntamento interessante.» C'è un sorrisetto sul suo viso, e non riesco a capire se stia giocando con me o se abbia effettivamente visto il messaggio.

Dovrò aspettare e controllare se ha risposto sulla dashboard.

Ci fermiamo davanti all'ufficio e scendo, facendo il giro per aprire la portiera posteriore e slacciare Tyler dal seggiolino.

Elisa lo ha già slacciato per me.

Lo sollevo, facendo attenzione a non fargli sbattere la testa mentre lo porto dentro. È a peso morto e addormentato.

Elisa prende il suo peluche e si affretta a seguirmi, raggiungendomi quando entriamo al riparo dal freddo. «Grazie,» dico, grato che non abbia dimenticato il suo migliore amico.

«Non c'è di che,» dice lei, sorridendo mentre lo guarda. Giuro, se Tyler non fosse mio figlio, sarei geloso di quanta attenzione lei gli sta dando.

Ci dirigiamo verso l'ascensore, e Tyler si agita, muovendosi tra le mie braccia, iniziando a svegliarsi. Gli strofino la schiena, ed Elisa preme i pulsanti dell'ascensore mentre saliamo verso il mio ufficio.

È un peccato che non ci sia un asilo nido in ufficio. È un miglioramento che potrei considerare di fare nel prossimo futuro, per il bene di Tyler. In questo modo, potrei stare di più con mio figlio mentre lavoro e non dovrei portare un'altra tata per prendere il posto di Martha.

Devo solo gestire la logistica, e ho già abbastanza lavoro da tenermi qui fino alle dieci di sera. Scelgo di andare via prima, il che significa che sono sempre indietro.

Porto Tyler fino al mio ufficio, e quando raggiungo la stanza e accendo la luce, lui decideo che il suo sonnellino è finito.

Lo metto giù sul divano in pelle nera contro il muro insieme allo zaino, tirando fuori una manciata di giocattoli per tenerlo occupato mentre lavoro.

Addio all'idea di non far sapere a nessuno che ho un figlio.

«Ti serve qualcosa?» chiede Elisa, guardandomi. I suoi occhi azzurro chiaro sono luminosi e caldi, solari. Sta chiedendo se mio figlio ha bisogno di qualcosa, non se voglio un dolcetto, un caffè fresco o una sveltina nel mio ufficio. Anche se quest'ultima è fuori discussione, e non solo perché Tyler è qui con me per la giornata.

«In effetti, sì. Entra e accomodati,» dico, e indico la sedia di fronte alla mia scrivania.

«Dovrei prendere un bloc-notes e una penna?»

«Sì, per favore,» dico, e aspetto che corra alla sua scrivania, prenda ciò di cui ha bisogno e torni. Porta anche il dinosauro blu, posizionandolo sul divano nero accanto a mio figlio.

«Grazie,» dice Tyler con il sorriso più grande. Le sue guance arrossiscono, e sbatte le sue lunghe ciglia. Giuro di non averlo mai visto guardare nessun altro in quel modo.

«Martha, la tata, non è più con noi,» dico, evitando di usare terminologie più specifiche come morte o infarto. Non so quanto Tyler capisca di queste cose, e non sono ancora pronto ad avere questa conversazione con lui. Gli ho semplicemente spiegato questa mattina che Martha non sarebbe tornata ma che le piaceva molto giocare con Tyler.

Elisa apre la bocca e subito la richiude.

Aveva già intuito quando siamo andati al lavoro insieme. Tamburellando con la penna sul bloc-notes, aspetta che io le dia qualcosa da annotare.

«Voglio trascorrere più tempo con mio figlio, e penso che dovremmo aprire un asilo nido nell'edificio qui sotto. Ho bisogno che tu verifichi il costo dell'affitto per uno spazio aggiuntivo nell'edificio in cui ci troviamo attualmente e quanti educatori ci serviranno per bambino secondo la legge statale. Ho anche bisogno che inizi a compilare diverse liste. Una per un direttore dell'asilo, che si occupi dell'assunzione degli insegnanti. Voglio essere coinvolto nei colloqui finali, ma non ho bisogno di sprecare il mio tempo con le attività quotidiane.»

Gli occhi di Elisa si spalancano. «È un'impresa piuttosto grande, signore. Non sarebbe meglio trovare una scuola materna nelle vicinanze per iscrivere Tyler?»

«È già iscritto a una scuola materna privata, ma è solo tre mattine a settimana. Il che significa che ho bisogno di qualcuno per il resto della giornata o di un'altra struttura come un asilo. Voglio che il mio personale e io possiamo far visita a mio figlio per pranzo o controllare che stia bene.»

«Sono felice di fare telefonate, ricerche, qualunque cosa ti serva, signore. Ma voglio che tu capisca che ha tre anni. Tra due anni, andrà a scuola...»

Pensa che io stia facendo questo solo per me? Sì, è quello che voglio, ma non ho intenzione di chiudere l'asilo una volta che Tyler sarà cresciuto. «So quello che sto facendo, Elisa.»

«Molto bene, ti farò avere queste informazioni il prima possibile.»

Si affretta a uscire dal mio ufficio, e Tyler salta immediatamente giù dal divano e si dirige dritto fuori dal mio ufficio senza dire una parola.

«Tyler, cosa stai facendo?»

Mio figlio mi ignora completamente e si affretta verso la scrivania di Elisa. Mi sporgo di lato sulla mia sedia, osservando lo scambio tra loro.

Tyler si arrampica sulle sue ginocchia. Giuro che il bambino è infatuato di lei. Non è l'unico.

Dannazione.

Quando ho iniziato a provare sentimenti per la mia assistente? Certo, è carina. Ecco perché l'ho invitata a bere qualcosa prima di sapere che lavorava per me. Ma le nostre personalità si scontrano.

Un uomo, però, è libero di fantasticare.

E ora che la mia tata convivente non c'è più, non ho neanche una babysitter in casa. Sarebbe crudele chiedere a Elisa di fare da babysitter a mio figlio mentre io esco per una serata. Sono abbastanza sicuro che mi prenderebbe a calci nelle palle se lo suggerissi.

«Tyler, lascia stare Elisa,» dico. «Ha del lavoro da fare.»

«Va tutto bene. Non mi dispiace la compagnia,» dice lei.

Non le credo. Sta solo cercando di essere gentile. Mi alzo ed esco dal mio ufficio. Non so come riesca a svolgere il suo lavoro, ma lui sembra comportarsi bene.

«Ti sta dando fastidio?» chiedo, girando intorno alla sua scrivania. Non voglio che sia distratta e rimanga indietro a causa di mio figlio. Non sarebbe giusto per lei.

«Non più di quanto fai tu in una giornata media,» ribatte Elisa.

«Non c'è niente di medio in me,» dico, fissandola intensamente.

Lei trattiene il respiro e incrocia il mio sguardo. «Signor Bronto...,» inizia, e io la interrompo.

«Penso che siamo oltre questo, signorina Emerson,» dico, ribadendo il mio punto. Mi sporgo in avanti e scompiglio i capelli di Tyler. «Che ne dici di salutare Elisa, e ti lascio mangiare uno spuntino nel mio ufficio?»

Gli occhi di Tyler si illuminano. Sorride e le mette i palmi delle mani sulle guance, dandole un casto bacio sulle labbra.

Elisa è sorpresa, e non è l'unica.

«Quante ragazze ti ha visto baciare?» chiede Elisa con una risata nervosa mentre lo aiuta a mettere i piedi a terra. Lo prendo in braccio prima che possa correre lungo il corridoio e distrarre altri colleghi.

«Nessuna. Ho una regola ferrea di non portare appuntamenti a casa.»

Elisa mi fissa. Giuro che non è convinta, non che importi. Non devo dimostrarle nulla. Ma ancora non posso credere che mio figlio abbia baciato Elisa prima di me. Com'è possibile?

SEVEN

Elisa

TYLER, il figlio di Weston, è davvero affascinante. È un tesoro, a differenza del suo burbero padre.

Lascio Tyler alle cure di suo papà mentre mi concentro sull'avvio del nuovo progetto che Weston desidera, insieme al lavoro di acquisizioni che deve essere completato per poter considerare il lancio di diversi film.

Sono indietro con il lavoro e, sebbene potrei facilmente rimanere fino a tardi e finire tutto, perderei il mio passaggio gratuito a casa, ed è bello non dover prendere la metropolitana.

Weston mi sta viziando, che ne sia consapevole o meno.

Sebbene sia tentata di scoprire qualcosa sulla madre di Tyler, non posso chiederglielo direttamente. Sicuramente, non al lavoro. Forse, potrei considerarlo se ci trovassimo in un momento da soli, cosa che però sembra improbabile. Potrei invitarlo a pranzo, ma Tyler ci accompagnerebbe e non voglio fare domande del genere davanti al bambino.

Trascorro la giornata cercando di completare più lavoro possibile. Chiamo anche diversi sarti locali. Ho provato l'abito per il matrimonio di Clare, e il vestito nero è decisamente sexy, ma non mi calza perfettamente. Ho bisogno che l'orlo venga accorciato e che l'abito stretto intorno al seno.

Non dovrebbe essere troppo complicato, e se sapessi cucire lo farei da sola. Ma non ho toccato una macchina da cucire dalle scuole medie.

Lascio tre messaggi, sperando che uno di questi negozi mi richiami.

Se non lo faranno, troverò una soluzione. Magari Sloane sa cucire e può salvarmi?

Verso la fine della giornata, controllo il telefono, verificando i miei messaggi. Niente dai sarti, ma ho un nuovo messaggio sull'app di incontri.

Apro l'app e clicco sul profilo del mittente. Non c'è un volto, ma il tipo ha un fisico pazzesco. Deve allenarsi quotidianamente. Non c'è molto su di lui, e il profilo è nuovo.

Apro i messaggi per leggere quello che mi ha inviato.

Steamy Single Dad: Sole a Parigi, il tuo profilo ha attirato la mia attenzione. Com'era vivere in Francia?

Premo risposta e digito rapidamente una breve risposta.

Sunny in Paris: Non ho mai vissuto a Parigi. Ma è un posto che ho sempre desiderato visitare. Condividerai qualche foto del tuo viso? Non sono interessata ai tizi senza testa.

Non continuerò a conversare con lui se non mi invia una foto che includa il suo viso. Insomma, avrebbe potuto mandarmi una fotografia del corpo di Thor e non del suo.

Non risulta che sia online. Peccato. Mi alzo in piedi e mi stiracchio. Sono stata seduta alla mia scrivania tutto il giorno e il mio collo ne sta pagando il prezzo. Mi dirigo verso la sala ristoro, sorpresa di trovare Tyler e Weston che prendono degli snack.

«Non vi ho visti uscire dal vostro ufficio,» dico, offrendo un sorriso amichevole a Tyler.

«Eri occupata con il telefono,» dice Weston.

«Stavo solo controllando i messaggi. Aspetto notizie dal sarto per il matrimonio di Clare.»

Il suo sguardo vacilla. «Quando sarà?»

«Tra meno di dieci giorni.»

«Ti stai avvicinando a una scadenza stretta.»

«Non me lo dire,» mormoro. «Troverò una soluzione.»

Tyler ha praticamente ogni snack disponibile nel distributore automatico in mano. «Ti rovinerai la cena,» dice Weston. Lo solleva tra le braccia e guarda l'orologio della sala ristoro. «Vuoi andare via prima?»

Sta parlando con Tyler o con me?

«Elisa?» chiede.

Il mio cellulare squilla. «Devo rispondere, ma sì, finisco quando vuoi tu.» Rispondo alla chiamata e mi dirigo verso la mia scrivania. Sono sollevata di trovare un sarto disposto a fare le modifiche in tempo per il matrimonio.

Weston aspetta vicino alla mia scrivania e, appena riattacco, mi sta fissando. «Buone notizie?»

«Le migliori. Devo solo prendere il mio vestito e andare a Hunts Point. Il sarto è nel Bronx.»

Weston scuote la testa. «Non ci andrai da sola. Non sono sicuro di volere che tu ci vada affatto.»

«Starò bene. Non preoccuparti, prenderò un taxi e...»

«No.» Weston è deciso. «Non ti permetterò di andare in un quartiere poco sicuro. Assolutamente no.»

«Cosa suggerisci di fare? Nessun altro è disponibile con così poco preavviso.» Mi passo una mano tra i capelli. «Mi dispiace, questo non è un tuo problema. Me ne occuperò io.» Non dovrei sfogarmi con Weston per il vestito.

«È un mio problema, perché lavori per me e non voglio rimanere senza un'assistente quando finirai morta o vittima di traffico sessuale.»

Rido al suo commento. «Uccisa, forse. Ma traffico sessuale?» Guardo il mio corpo formoso. «Stai scherzando, vero?»

Si morde il labbro inferiore, scuote la testa ed entra nel suo ufficio. Non so cosa stia facendo, forse prepara lo zaino di suo figlio?

Qualche minuto dopo, riemerge dal suo ufficio e mi consegna un biglietto da visita. Presumo abbia a che fare con il lavoro. «Vuoi che lo chiami io per te?» chiedo.

«L'ho già contattato e verrà questa sera a casa tua per prendere le misure. Il tuo vestito sarà pronto per il matrimonio.»

«Fa visite a domicilio?» chiedo. È incredibile. «Quanto costa, Weston?»

«Potrai ripagarmi con un ballo, prima o poi.» Weston sorride con un luccichio negli occhi.

«Un ballo? Non andremo a un altro appuntamento.» Ha perso la testa?

Weston entra nel suo ufficio per prendere lo zaino a forma di tartaruga di Tyler. «Di' solo grazie e accetta la generosa offerta di aiuto.» Tiene la mano di suo figlio mentre tutti e tre ci dirigiamo verso l'ascensore.

Mi chiedo se il pettegolezzo dell'ufficio si riempirà di ogni sorta di chiacchiere ora che tutti sanno che Weston ha un figlio. Probabilmente, non aiuta il fatto che io entri ed esca da lavoro con lui tutti i giorni.

Scendiamo al piano di sotto e Camden ci sta aspettando fuori dall'ingresso principale. Apre la portiera posteriore dal lato del guidatore, e mi infilo nel veicolo mentre Weston aiuta Tyler a sistemarsi nel sedile dietro.

«Papà, dov'è Roar? Stiamo andando a casa?» chiede Tyler.

Weston apre lo zaino e gli porge il dinosauro blu. «Sì, stiamo andando a casa a preparare la cena. Vuoi unirti a noi?» chiede, guardandomi.

«No, ho l'appuntamento per il vestito che hai organizzato, ricordi?»

«Posso chiedergli di venire a casa mia. Non è un problema. Non è che sia più lontano per lui.»

Rido nervosamente. «Mi stai invitando a un appuntamento, Weston?»

Lui aggancia la fibbia del seggiolino di Tyler e chiude la portiera prima di rispondermi. La domanda rimane sospesa nell'aria e il mio stomaco si stringe mentre mi chiedo cosa dirà.

A parte quel pessimo appuntamento che abbiamo avuto insieme, lui è il mio capo. Non è appropriato cenare con lui, specialmente a casa sua.

Weston sale sul sedile anteriore mentre Camden si mette al volante.

Allaccio la cintura di sicurezza e apro l'app di incontri, dando un'occhiata a un nuovo messaggio apparso nel pomeriggio.

«Ti sto invitando a cena, come fanno due amici e colleghi insieme,» dice Weston. «Inoltre, ti devo un ringraziamento per avermi aiutato con Tyler ieri sera.»

Mi darà anche una spiegazione? Tipo perché suo figlio era un segreto così grande.

«Posso venire a cena, ma ho lasciato il biglietto da visita sulla scrivania dell'ufficio.»

«Farò venire il sarto a casa mia.» Weston chiama e modifica i dettagli sul luogo dell'incontro. Quando termina la chiamata, mi guarda. «Ha detto di portare le scarpe, se l'orlo deve essere adattato ai tuoi tacchi.»

«Grazie.» Tiro un sospiro di sollievo e guardo il nuovo messaggio da *Steamy Single Dad*.

Steamy Single Dad: Non preoccuparti, non sono davvero un tizio senza testa.

C'è una foto allegata al messaggio, ma il suo viso è sfocato. Sul serio? Non dovrei dargli retta, ma ho qualche minuto da perdere sul sedile posteriore.

Sunny in Paris: Provocatore. Il cavaliere senza testa è il massimo dell'interesse che ho per gli uomini decapitati. Hai altre foto o devo bloccarti?

Invio e il telefono di Weston emette un suono pochi secondi dopo.

Lui guarda il suo telefono, ma non riesco a vedere cosa stia osservando. «Il sarto ha scritto che si fermerà a cena e arriverà con qualche minuto di ritardo. Gli ho detto di non avere fretta. Qualsiasi orario stasera va bene.»

«Grazie.»

Dopo essere stati accompagnati al nostro palazzo, entro per cambiarmi, rinfrescarmi e prendere il mio abito e le scarpe.

Weston insiste che posso passare quando sono pronta.

Non sono sicura che sarò mai pronta per una cena con lui. Ma almeno non è un appuntamento. Voglio dire, c'è suo figlio con noi. Questo significa che non può essere un appuntamento. È solo una chiacchierata amichevole durante un bel pasto insieme.

Non un appuntamento.

Prendo il mio vestito sull'appendiabiti e le scarpe, dirigendomi alla porta accanto. Busso con decisione.

«È aperto,» dice Weston.

Provo la maniglia e, in effetti, ha lasciato la porta sbloccata. «Ti preoccupi che mi succeda qualcosa nel Bronx, ma lasci la porta aperta?»

Weston è in cucina, tagliando ingredienti per un'insalata. Ha preparato tre ciotole, anche se una di esse è di plastica e più piccola delle altre due.

«Non ho intenzione di fare due funerali in una settimana,» dice in modo deciso.

Giuro che l'aria mi esce dai polmoni.

«Capisco,» dico, e mi tolgo le scarpe. Appendo il vestito al gancio vuoto accanto alla porta d'ingresso. «Posso aiutare?»

«Dipende. Sai cucinare?» chiede Weston.

«Papà, voglio le carote,» dice Tyler, e si precipita verso Weston. Lui gli porge un pezzetto di carota con la mano e il bambino la prende da suo padre, prima di vagare senza meta per la cucina.

«Quindi, c'è una signora Grump nel quadro?» chiedo.

Lui posa il coltello con un tonfo pesante sul bancone. C'è una fiamma nei suoi occhi. «Pensi che ti avrei invitata a uscire se fossi sposato?»

«No,» dico dolcemente. «Ero solo curiosa.» Guardo Tyler, non volendo chiedere apertamente dove sia la madre del bambino.

Deve aver capito il vero senso della mia domanda. Sono così facile da leggere? «Siamo solo noi due. È sempre stato così. E sempre lo sarà,» dice Weston.

«Stai facendo un lavoro straordinario con lui,» dico.

«Faccio del mio meglio.» Riprende il coltello e continua a tagliare verdure e lattuga per l'insalata.

«Papà.» Tyler si arrampica sulla sua sedia al tavolo e si siede sulle ginocchia. «Ho fame.»

Weston prepara una bella cena per noi tre. Apriamo una bottiglia di vino, finendola quasi tutta prima della fine del pasto.

Dopo, lo aiuto con i piatti mentre lui lava Tyler e lo prepara per andare a letto.

Penso sia meglio andarmene. Non c'è motivo per me di restare, tranne che il sarto dovrebbe venire a casa di Weston invece che alla mia. Non che non possa essere reindirizzato di nuovo. Ma se Weston sta mettendo a letto Tyler con una storia, non voglio che ci siano interruzioni.

Non passa molto tempo prima che arrivi Nigel, il sarto personale di Weston. Mi affretto in bagno per indossare il vestito e le scarpe in modo da fargli sistemare perfettamente gli orli.

Dei passi leggeri sfiorano il pavimento, e guardo

oltre la mia spalla mentre Weston esce in punta di piedi dalla camera di Tyler.

«È bello vederti, Nigel.»

«Anche per me è bello vederti, Weston.»

«Grazie per essere venuto con così poco preavviso,» dice Weston.

«Appuntamento elegante per voi due?» ipotizza Nigel mentre appunta il mio vestito.

«Solo un matrimonio,» dico.

«Cosa? Voi due vi sposate?» esclama Nigel.

«No,» diciamo entrambi all'unisono.

Sono grata che il sarto non mi abbia appena infilzata con uno spillo. È ovvio che si è distratto, mentre guarda prima me e poi Weston. «Beh, mi avreste ingannato con quegli sguardi ardenti che continuate a scambiarvi. State uscendo insieme?»

«No,» dico, questa volta più velocemente di quanto Weston possa rispondere.

Lui finisce l'orlo e mi fa girare, mettendomi faccia a faccia con Weston.

Lo sguardo scuro di Weston si allarga mentre fissa lo scollo a V del mio abito, che rivela un'abbondante quantità di décolleté.

«Stringerai la parte superiore, vero?» chiede Weston.

«Questo dipende dalla signorina Emerson, giusto?»

«Sì, e lo vorrei ben aderente, ma non deve nascondere il mio décolleté. Ho delle belle tette,» dico con una risata.

Le orecchie di Weston arrossiscono e lui distoglie lo sguardo.

«Ho detto qualcosa che ti ha messo a disagio, Weston?» chiedo. È la prima volta che lo vedo imbarazzato.

Si schiarisce la gola e passano alcuni secondi mentre si riprende lentamente. «Niente affatto. Non vorrei solo vederti uscire dal vestito.»

«E cosa potrebbe uscire, esattamente?» chiedo, guardandolo incredula. Cerco di non ridere mentre lui si agita sui piedi. «Non stiamo parlando dei miei seni, vero?» Lo sto prendendo in giro. Non posso farne a meno. Voglio vederlo in difficoltà.

La sua lingua scivola verso l'angolo del labbro. «Semplicemente, non penso che ogni uomo al matrimonio debba vedere il tuo seno, Elisa.»

«Tu lo vorresti vedere?»

Nigel è un professionista, e resta in silenzio ad appuntare lungo lo scollo aperto che scende nel mio décolleté, rivelando un'occhiata generosa. Non dice una parola sul commento che ho appena fatto a Weston.

«Abbiamo finito,» dice Nigel. «Se vuoi toglierti l'abito, lo porterò con me e sarà pronto tra qualche giorno.»

«Grazie,» dico, e mi affretto verso il bagno, chiudendo la porta. Mi cambio tornando ai miei jeans strappati e alla maglietta. Ho cercato di scegliere il completo meno sexy che potessi trovare prima di uscire.

Nigel e Weston si salutano e consegno il mio vestito a Nigel, con la sua promessa che me lo riporterà in tempo per il matrimonio.

«Dovrei tornare a casa,» dico, indicando la porta.

«Preoccupata per il traffico?» scherza Weston. «So che è piuttosto distante fino a casa tua.»

«Molto divertente.» Alzo gli occhi al cielo e passo oltre Weston, solo per sentirlo afferrarmi per i fianchi, tirandomi contro di lui. Lui ringhia e io esalo un respiro nervoso.

«Mi piaci, molto,» sussurra, il suo respiro sfiora la mia pelle mentre guarda dai miei occhi alle mie labbra.

Non oso ammettere che ha fatto presa su di me. L'odio bruciante che provavo per lui il primo giorno in ufficio, dopo il nostro appuntamento, si sta affievolendo.

Il vino della cena mi sta facendo girare la testa e la stanza sembra più calda.. Mi sollevo sulle punte dei piedi, desiderando baciarlo.

«Ti sei mai chiesto che sapore ho?» chiedo.

Un caldo sorriso gli copre il viso. «Sì,» ammette.

«Ho voluto assaggiare le tue labbra fin da quel sogno che ho fatto l'altra notte.»

Mi afferra la mano, non lasciandomi sfuggire dalla sua portata. «Le tue labbra non sono l'unica cosa che voglio assaggiare. Quale sogno?» Il sorriso cresce sul suo viso, desideroso di conoscere tutti i miei segreti.

Le sue parole mi mandano un brivido, facendomi sentire ancora più calda. «Solo un sogno erotico,» dico con una risata nervosa.

«Potrei dover aprire una seconda bottiglia di vino.»

«Stai cercando di farmi ubriacare?» Inclino la testa, guardandolo dal basso verso l'alto, e faccio una smorfia.

«Che c'è?» Lui percepisce il mio disagio.

«Un crampo al collo,» confesso, e abbasso la testa. Voglio guardarlo, tracciare le sue labbra con la mia lingua, ma il mio corpo ha altre idee, e non sono d'accordo con esso.

«Girati,» dice Weston, e mi guida per le spalle per dargli le spalle.

Esalo un respiro pesante. Sono nervosa, con la schiena rivolta verso Weston. Sembra una posizione vulnerabile, ma so che non mi farebbe intenzionalmente del male.

Il suo tocco è gentile ma fermo mentre le sue dita

affondano nelle mie spalle, i pollici che scivolano lungo il mio collo.

Un miagolio mi sfugge dalle labbra; il suo tocco è incredibile ed elettrico.

«Hai appena fatto le fusa?» chiede Weston con una risata.

«No,» mento. Non può provarlo. A meno che non me lo faccia fare di nuovo. E non lo farò. Starò più attenta a come reagisco al suo tocco.

I miei occhi si chiudono e il mio corpo inizia a rilassarsi mentre lui affonda nei miei muscoli tesi, facendomi un massaggio al collo.

«Se avessi saputo che eri così bravo con le mani, avrei richiesto massaggi quotidiani come tua assistente.»

«Oh, tesoro, sono bravo con le mani. Questo è solo il riscaldamento. Il preludio.» Il suo respiro mi solletica il collo e rabbrividisco per l'intensità del suo corpo che accende il mio.

Mi appoggio all'indietro e il suo petto è premuto contro la mia schiena, sostenendomi.

Con la mano sinistra, continua a massaggiarmi le spalle, e la destra traccia un dolce percorso su per il mio collo. Il suo tocco non è solo calmante. È eccitante.

Mi mordo il labbro inferiore. Sto cercando di non essere eccitata da Weston, il mio capo. Abbiamo già percorso questa strada una volta ed è stato un disastro.

E ha un bambino. Weston ha chiarito perfettamente che vuole solo sesso. E forse va bene così.

Il mio corpo è certamente d'accordo.

La stanza è calda, e voglio spogliarmi, svestirmi e salirgli sopra, divorarlo.

Ma se per lui questo fosse solo un massaggio? E se non mi desiderasse?

C'è solo un modo per scoprirlo. Mi giro tra le sue braccia, con le sue dita lungo il mio collo mentre sollevo le labbra e sfioro la sua bocca con la mia.

Il bacio è dolce e delicato all'inizio, quasi pigro, come sdraiarsi vicino al fuoco in una notte d'inverno.

Lui geme e tira il mio labbro inferiore, trascinandolo

tra i suoi denti. «Cazzo,» ringhia, sollevandomi tra le sue braccia.

Le mie gambe si avvolgono intorno a lui, il mio interno è in fiamme per il potere che emana. C'è una sicurezza e una sensualità che trasuda da lui. Di solito lo trovo arrogante, ma in questo momento vorrei solo spogliarlo.

Le mie dita lavorano abilmente per slacciare i bottoni della sua camicia elegante. Mi prendo il mio tempo, anche se non intenzionalmente, poiché le mie mani tremano.

Lui prende le mie mani, portandole alle sue labbra, baciando la mia pelle. «Puoi strapparla,» dice con un sorrisetto.

Quando non straccio la sua camicia abbastanza velocemente per i suoi gusti, lui la strappa e i bottoni saltano via, volando per la stanza.

Mi mette giù sul bancone della cucina. I miei piedi penzolano oltre il bordo mentre lui slaccia la cintura e la sfila con un colpo secco.

Mi mordo le labbra. «È stato sexy.» Solo guardarlo spogliarsi fa avvampare il mio corpo. Voglio sentirlo, assaggiarlo, divorarlo prima che finisca la notte.

Weston sbottona i pantaloni eleganti e abbassa la cerniera, uscendo dal costoso tessuto. Lo getta su una sedia vicina. «Dio, sei così sexy,» sussurra, inchiodandomi contro il bancone con i suoi baci.

Mi aiuta a spogliarmi, le nostre labbra fuse insieme e separate solo per pochi secondi mentre la mia maglietta cade sul pavimento.

Le dita di Weston scivolano negli strappi aperti dei miei jeans, in uno di quelli in alto sulle mie cosce, che gli permette di toccarmi.

Il suo tocco è ipnotico. Fisso le sue labbra, in cerca d'aria, ansimiamo entrambi per l'intensa intensità che cresce tra noi.

«Non ho mai capito perché i jeans con gli strappi andassero di moda fino ad ora,» ringhia, accarezzando la mia coscia interna, le sue dita che sfiorano le mie mutandine. «Facile accesso.» Un sorriso malizioso attraversa il suo viso prima di catturare le mie labbra con le sue.

Le nostre lingue duellano e lui mi solleva dal bancone, portandomi nella sua camera da letto. «Mettimi giù... ti farai male alla schiena.»

«Tesoro, anche se portarti mi facesse male alla schiena, ne varrebbe totalmente la pena.» Mi adagia sul letto, coprendo le mie labbra con baci ferventi.

Weston traccia un percorso dalla mia clavicola giù per il collo, la sua barba che graffia e mi stuzzica mentre bacia più in basso. «C'è solo una regola in questa stanza,» dice.

Lo guardo, senza fiato. Le mie dita giocano tra i suoi capelli mentre porto le sue labbra di nuovo sulle mie, entrambi in lotta per il controllo.

Lui ringhia e si tira indietro. «Spostati più indietro sul letto.»

Faccio come comanda. «È questa la tua regola? Obbedirti?» lo prendo in giro con un sorrisetto.

«Devi essere nuda,» dice, slacciando il bottone dei miei jeans. Abbassa la zip del jeans, il suo palmo che sfiora il mio stomaco. Il suo tocco è leggero come una piuma e sensuale, facendo formicolare tutto il mio corpo. «Solleva i fianchi.»

Faccio come dice, sollevando i fianchi mentre lui aiuta a far scivolare i miei jeans giù per le gambe e li sfila completamente.

«Molto meglio. Ma stai ancora infrangendo la regola.»

«Davvero?» chiedo, guardandolo, cercando di riprendere fiato, e non mi ha ancora portata al limite.

«Nuda,» dice. Le sue dita liberano il gancio del mio reggiseno, facendo scivolare le spalline lungo le braccia. Lascio che cada sul pavimento.

Le mie dita scivolano sul suo ventre, stuzzicando l'elastico dei suoi boxer. «Tocca a te.»

Weston scuote la testa. «Casa mia. Regole mie.» Mi impedisce di spogliarlo e scende lungo il mio torso, le sue labbra e la barba che sfiorano le mie cosce. I suoi baci sono dolci e caldi mentre mi riscalda fino al centro.

«Ma tu non sei nudo,» mi lamento. Ha indosso solo con i boxer, ma preferirei vederlo completamente nudo. Voglio sapere com'è, che sensazione può darmi e il suo sapore.

Preme le labbra sulle mie, assaporandomi. Le nostre lingue duellano, entrambi desiderosi di prendere il comando.

Alla fine, Weston vince, immobilizzandomi, premendo il suo inguine contro il mio. Posso sentire il suo cazzo duro e spesso, ma voglio vederlo.

«Do ut des,» dico.

Weston solleva un sopracciglio, e le sue labbra si muovono verso il mio seno. «Mi interessano molto le tue tette,» dice con un sorriso prima di succhiare e accarezzare il mio seno. La sua lingua si muove sul mio capezzolo, stuzzicandomi e baciandomi. Soffia aria fresca sul monticello che ha baciato, guardando il mio capezzolo indurirsi.

Mi agito sotto il suo tocco, desiderando di avere di più.

«Intendevo che entrambi dovremmo toglierci l'intimo,» dico, cercando di formulare una frase coerente.

«Intimo? Io non indosso intimo,» dice, correggendomi. «Ma le tue mutandine possono andare via.» Quel sorriso malizioso è tornato, e lui mi aiuta a togliermi le mutandine, facendole scivolare lungo le cosce finché non posso scalciarle via.

«I tuoi boxer, Wes.»

I suoi occhi brillano e copre le mie labbra con la sua bocca, spingendo la sua lingua dentro, prendendo ciò che vuole o, meglio, ciò di cui ha bisogno.

Come un animale selvaggio, un lato indomito si libera e non so se sia qualcosa che ho detto o se lui desideri il sesso quanto me.

Le sue dita sfiorano le mie pieghe, scoprendo che sono bagnata. Ma non mi scopa. Non ancora.

Spingo via i suoi boxer, ma lui non mi aiuta, e la sua posizione rende difficile per me toglierli. «Via,» dico, lamentandomi quando non mi permette di rimuovere l'ultimo dei suoi indumenti.

«Non è magia, non puoi semplicemente ordinare che scompaiano. Credimi, ci ho provato con te, più volte, in ufficio.» Si avvicina, abbassando i boxer, permettendomi di vedere ogni centimetro del suo membro, pulsante e in attesa di attenzioni.

Alzo un sopracciglio, curiosa di sapere da quanto tempo mi desidera. «Quando?» chiedo.

Di certo non ha agito come se lo volesse. Ha nascosto piuttosto bene i suoi desideri da me.

Le mie dita sfiorano il suo albero, volendo eccitarlo e soddisfarlo.

Mi alzo in ginocchio, spingendo delicatamente Weston sulla schiena mentre mi chino per prenderlo in bocca.

Le sue dita si intrecciano nei miei capelli mentre trascino la lingua lungo il suo membro. Geme e mi tira indietro. «Non così.»

«Non dirmi che sei un romantico,» dico con una risatina. Non mi sembra il tipo di uomo che vuole che la nostra prima volta insieme sia lenta e sensuale.

Mi zittisce con baci, spingendomi sulla schiena, allargandomi le gambe. Le sue dita stuzzicano le mie pieghe e bacia un caldo sentiero ovunque tranne dove desidero più di tutto che mi baci.

Va lentamente, i suoi movimenti metodici. Non è un segreto che l'abbia già fatto prima, e lo rivelano il modo in cui mi rende irrequieta e come il mio corpo brama la sensazione del suo membro sepolto dentro di me.

Ma ancora non mi dà ciò che desidero più di tutto. I suoi baci sono sulla mia coscia interna. La sua barba incolta graffia la mia pelle e mi sposto leggermente, sperando di farlo sfregare sul mio clitoride.

«Non ancora.» Sorride, con aria consapevole e maliziosa

Getto la testa all'indietro con un profondo sospiro. «Le mie viscere sono in fiamme e tu stai alimentando il fuoco.»

Weston sfoggia un sorriso malizioso. «Non è tutto ciò che farò, tesoro, ma mi piace dedicare a tutto quello che faccio la mia piena e indivisa attenzione.»

Gemo alle sue parole.

Sembra essere in modalità capo.

È eccitante.

È sexy.

E il mio corpo brama la liberazione e lui non mi nemmeno ancora scopata.

«Sei davvero un provocatore,» mormoro, cercando di convincerlo a soddisfarmi una volta per tutte.

«Io, cara? Tu sei quella che avva quel vestito di prima, con le tette quasi in mostra. Sai quanto ero eccitato con Nigel nella stanza? Avrei voluto prenderti lì sul pavimento.»

«Avresti dovuto farlo,» dico, sorridendogli mentre risale sul mio corpo.

«È così che iniziano tutti i film porno più belli.» Ride. «Ma seriamente, no. Non permetterò a nessun altro di vederti nuda. Sei mia.» Ringhia e succhia il mio collo, lasciando baci lunghi e lenti, riscaldandomi dentro.

«Farai meglio a non lasciarmi segni sulla pelle,» mormoro, staccando le sue labbra dal mio collo.

«E perché no? Facciamo sapere a tutto l'ufficio che sei impegnata,» dice Weston. Si china, mordendo giocosamente la mia clavicola. «Niente più appuntamenti bollenti per te.»

«Sei malvagio.» Allontano la sua testa dal mio collo. «Non posso avere un succhiotto al matrimonio.»

«Che ne dici di tre?»

«Cosa?» Ansimo e mi alzo a sedere, ma Weston mi tira giù contro di lui, intrecciando le nostre membra. «Rilassati. Non sarai seduta al tavolo dei single o altro. Sono sicuro che le tue amiche non sarebbero così crudeli.»

«Tu non le conosci,» dico, ancora a bocca aperta. «E Clare è così crudele.»

Il suo respiro mi solletica il collo e traccia un morbido sentiero di baci attraverso i miei seni e sopra l'ombelico. «Basta parlare di loro,» mormora. «Fidati, ne varrà la pena.» Le dita mi accarezzano rudemente la pelle, marchiandomi e reclamandomi mentre scende più in basso, provocandomi prima di assaggiare il mio nettare.

Mi guida due, poi tre dita dentro, allargandomi così da poter accogliere le sue dimensioni mentre il suo pollice circonda il mio clitoride.

Le mie labbra si schiantano contro le sue, le mie viscere si stringono attorno a lui, desiderando di avere il suo cazzo dentro di me.

Chiudo gli occhi e mordo il labbro inferiore.

«Guardami,» ordina Weston.

Lentamente, apro gli occhi, sforzandomi di fissare il suo sguardo scuro e ardente. Le sue dita mi portano oltre il limite mentre le sue labbra mi zittiscono, impedendomi di svegliare suo figlio nella stanza accanto.

Ansimo in cerca d'aria, la schiena inarcata, le dita dei piedi che si arricciano mentre Weston mi conduce verso l'oblio. Il mio cuore batte selvaggiamente, sbattendo contro il mio petto, cercando di liberarsi dalla sua gabbia.

Crollo contro il materasso, e lui mi sale sopra, un enorme sorriso sul viso. «Tocca a me, tesoro, ma ti prometto che non ho ancora finito con te.»

Stuzzica la punta del suo membro contro la mia umidità e il mio corpo sta già rispondendo a lui, al calore tra noi, e al fuoco incontrollabile che brucia.

Weston entra in me centimetro dopo centimetro, andando lentamente mentre mi riempie e mi allarga. Muove i fianchi verso il basso, dondolando contro di me, facendo reagire il mio corpo prima che sia pronto.

Le mie dita graffiano la sua schiena e scendono fino ai suoi fianchi, volendo memorizzare ogni dettaglio. È bellissimo, fiero, e non riesco a comprendere come siamo arrivati a questo stasera.

Si china, il suo sguardo su di me, i suoi occhi che fissano dritto nella mia anima, le nostre esistenze che diventano una sola.

Avvolgo le gambe intorno a lui, tirando Weston più in profondità. Questa volta, voglio portarlo oltre il limite insieme a me.

«Ti fidi di me?» chiede.

«Sì,» sussurro, guardandolo, e sobbalzo quando mi rendo conto che non abbiamo aperto un preservativo. Spingo una mano tra noi, fermandolo. «Fermati. Aspetta.»

Si tira indietro come se l'avessi bruciato, la fronte tesa, e uno sguardo tempestoso negli occhi.

«Dovremmo usare un preservativo,» dico. Non posso credere a quello che è appena successo.

«Merda» impreca. La sua fronte si corruga mentre si sposta sull'altro lato del materasso, aprendo il comodino. Afferra la bustina di alluminio e la strappa.

«Non preoccuparti, sono sanissima» dico, guardandolo dal basso.

«Anch'io» dice Weston. «E non posso mettere incinta una ragazza. Non ho nemmeno pensando alle protezioni. Mi dispiace.»

Non gli chiedo cosa intenda. «Non fa niente» dico, portando la mano alla sua guancia, le mie labbra alle sue. «È stato un incidente. Non è che avessimo pianificato questo per stasera. Vero?»

Weston sorride. «Avevo totalmente pianificato che tu venissi a cena a casa mia. E poi, che ti avrei deliziata fino alle prime ore del mattino.» Mi tira giù sul materasso, inchiodandomi sotto di lui.

«Bugiardo» dico, ridendo e sorridendogli. «Non ti credo.»

«Sì, neanch'io.» Guida il suo membro di nuovo dentro di me, e questa volta sembra completamente naturale, come se fossimo destinati a stare insieme e incastrarci perfettamente.

Le sue labbra coprono le mie, i nostri respiri affannosi. Il mio cuore batte selvaggiamente, le dita dei piedi si arricciano, e mi aggrappo a Weston come se la mia vita dipendesse da lui mentre inseguo il mio orgasmo. Lui è lì con me, ed entrambi cadiamo nell'oblio.

Il sudore mi copre la fronte, e lui rotola via, ansimando in cerca d'aria. La mia pelle è umida e vorrei rannicchiarmi contro il suo petto, ma sono troppo esausta per muovermi.

Scende dal letto, getta il preservativo nella spazzatura del bagno, e spegne la lampada accanto al letto, crollando sul materasso vicino a me.

Dovrei tornare a casa mia? Non voglio abusare della sua ospitalità. Non mi ha esattamente invitata a passare la notte.

Le mie gambe si rifiutano di muoversi.

Weston mi avvolge un braccio intorno alla vita, seppellendo il viso nel mio collo. «Dormi» dice, leggendomi nel pensiero.

Faccio come dice, lasciando che il sonno prenda il sopravvento mentre mi addormento. È il sonno più pacifico che abbia avuto da tempo, avvolta nel suo abbraccio.

Mi giro e il letto accanto a me è vuoto. La luce del mattino brilla attraverso le tende sottili, costringendomi a coprirmi il viso con la mano.

La doccia sta scorrendo.

Weston si deve stare preparando per andare al lavoro. Mi sforzo di aprire gli occhi, e l'orologio mi ricorda che devo vestirmi ed essere pronta a breve.

Scendo dal letto, recupero i miei vestiti, le scarpe, e sgattaiolo fuori dal suo appartamento.

Che diavolo è successo ieri sera?

Cioè, ricordo cosa è successo. Non ero così ubriaca, ma sono andata a letto con il mio capo, Weston Grump. Mi affretto a farmi la doccia a casa mia, lavando via la notte passata, lasciandola scorrere nello scarico mentre mi preparo ad affrontare un nuovo giorno.

Ma come farò ad affrontare *lui*?

Non ho mai avuto un'avventura di una notte. E Weston è, beh, il Signor Brontolone. Quell'uomo non ha mai dato segno di volere qualcosa di più da me o da chiunque altro.

Lo attribuirò all'aver bevuto troppo vino ed eviterò qualsiasi discussione sull'argomento. Non penso proprio che lui voglia parlarne, comunque.

Terminata la doccia, mi vesto con una gonna rosso scuro lunga fino al ginocchio e una camicia nera, con bordi rossi abbinati. Prendo un tubetto di rossetto coordinato e lo applico prima di uscire.

Mi infilo i tacchi che ho intenzione di indossare al matrimonio con l'outfit che porto al lavoro. Un'ultima occhiata allo specchio e sorrido soddisfatta.

Il mio telefono è completamente scarico, quindi prendo un cavo per caricarlo. Dovrò attaccarlo alla corrente mentre sono in ufficio oggi.

Mi dirigo verso la porta, poi prendo l'ascensore e scendo di sotto. Weston non è ancora qui e nemmeno il suo autista, Camden.

Mi muovo nervosamente sui tacchi. Sono vestita in modo troppo elegante per l'ufficio? Lo stomaco si agita e guardo l'ascensore che scende nella hall.

Ancora nessun segno di Weston.

Mi ha mandato un messaggio per dirmi che è in ritardo? Non lo saprò fino a quando non potrò collegare il mio cellulare e caricarlo abbastanza per leggere eventuali messaggi.

Dovrei probabilmente sostituire la batteria. Il mio telefono non è così vecchio, ma riesce a malapena a durare tutto il giorno prima di richiedere una ricarica.

Ancora nessun segno di Weston o del suo autista.

È partito senza di me questa mattina? Non pensavo di essere in ritardo, ma dopo essere rimasta nella hall per venti minuti, sicuramente ora farò fatica ad arrivare in tempo al lavoro.

Mi precipito fuori nell'aria gelida dell'inverno e mi dirigo verso la metropolitana. Il terreno è scivoloso per il ghiaccio e indossare i tacchi non è stata una buona idea.

I miei piedi sono intorpiditi, le gambe congelate per la gonna corta. Pensavo che sarei stata al caldo nel sedile posteriore di un'auto durante il tragitto verso il lavoro.

Andare a letto con Weston è stato evidentemente un errore.

Borbotto e mi affretto verso la metropolitana, cercando di prendere il treno in tempo.

Non ce la faccio. Il treno sfreccia via prima che io sia anche solo sulla banchina. «Dannazione!» impreco e rallento. Non ho bisogno di torcermi una caviglia o cadere dalle scale. Non arriverò in tempo al lavoro.

Alla fine, riesco ad arrivare in ufficio, in ritardo. Il treno successivo ha avuto un ritardo e poi siamo rimasti fermi sui binari per un po'. Proprio la mia solita fortuna.

Mi dirigo verso la mia scrivania e do un'occhiata all'ufficio di Weston. È buio. La porta è aperta, ma lui non è dentro.

Collego il mio cellulare e aspetto che si carichi abbastanza da poter accendere il dispositivo. Non ci sono messaggi sul telefono della mia scrivania.

Mi siedo alla scrivania, controllo le e-mail di lavoro e comincio. Ho la sensazione che sarà una giornata lunga e faticosa, soprattutto quando incontrerò Weston.

Dove diavolo è, e perché non è al lavoro?

Mi sta evitando?

È andato direttamente alle Risorse Umane per confessare quello che abbiamo fatto ieri sera?

EIGHT

Weston

NON SONO sicuro di come stanno le cose tra me ed Elisa dopo ciò che è successo ieri sera. L'ho lasciata a letto, permettendole di dormire qualche minuto in più mentre mi facevo la doccia e mi vestivo per andare al lavoro.

Ma quando sono uscito dalla doccia, con l'asciugamano avvolto intorno alla vita, lei era già andata via.

Era troppo sperare che si fosse intrufolata nella doccia per salutarmi?

È un pensiero illusorio e un po' folle, dato che non voglio una fidanzata. Non sono nemmeno sicuro di cosa voglio da Elisa.

Non fraintendetemi, ieri sera è stato fantastico. Mi piacerebbe riviverlo senza la massiccia quantità di vino servita per metterci dell'umore giusto. Ho la testa un po' annebbiata con un leggero dolore. Niente che un paio di aspirine non possano curare.

Sento un forte tonfo dall'altra parte del corridoio e corro fuori dalla camera da letto per vedere cosa diavolo sia successo.

Elisa non sembra proprio essere in casa.

Le urla di dolore di Tyler risuonano per tutta la casa, diventando sempre più forti e sofferenti.

«Cazzo.» Mi precipito in camera da letto. È sul pavimento. Non so come sia finito lì. Non può essere rotolato magicamente fuori dal letto. Il motivo per cui ho comprato il letto a forma di macchina da corsa era per assicurarmi che fosse al sicuro.

Le sue urla diventano più forti. «Dai, facciamoti controllare.» Lo sollevo tra le mie braccia, le grida non si placano mentre lo porto nella mia camera da letto e lo metto sul materasso.

«Papà!» urla nel momento in cui non è più tra le mie braccia. È difficile capire se sia il dolore o lo spavento a fargli più male.

Ma lui non è come gli altri bambini. Tyler è una bomba a orologeria. Nella maggior parte dei casi, qualsiasi lesione, anche lieve,potrebbe essere devastante per lui.

Mi infilo velocemente un paio di jeans e una maglietta, indosso le scarpe prima di correre fuori dalla porta d'ingresso. Scendo le scale, sollevato che Camden stia già aspettando. Se non ci fosse stato, avrei preso un taxi.

Camden mi guarda ma non dice nulla sul mio abbigliamento. «Mountain Sinai Kravis Children's Hospital,» dico, avendo bisogno che ci porti lì immediatamente.

«Sei sicuro di non volere un'ambulanza o un elicottero?» chiede Camden.

Sto facendo il possibile per non spaventare Tyler più del necessario. L'ultima volta che abbiamo preso un'ambulanza, circa sei mesi fa, dopo ha pianto ogni volta che ne vedeva una per strada o sentiva le sirene. Singhiozzi isterici, inconsolabili.

È straziante guardare e non poter fare nulla per aiutare.

Tengo Tyler in braccio sul sedile posteriore, stringendolo al petto. «Va tutto bene, piccolo, ci assicureremo che vada tutto bene.»

La mia voce si incrina e non posso fare a meno di preoccuparmi che sia proprio come Wren, fragile. Una caduta al parco giochi potrebbe essere fatale.

Camden si ferma davanti al pronto soccorso e io corro dentro con Tyler, portandolo alla reception. «Mio figlio, ha la Sindrome di Ehlers-Danlos vascolare. È caduto e ho bisogno che qualcuno lo visiti.»

Io e Tyler veniamo portati immediatamente dentro, lui viene messo su una barella ed esaminato mentre fornisco la sua storia medica.

Gli vengono somministrate delle puntute e viene poi sottoposto a una serie di esami e immagini mediche per assicurarsi che non ci sia nulla di fatale dalla caduta.

Il medico ci parla, mi assicura che sta bene. Probabilmente avrà lividi estesi per la ferita, ma fortunatamente non ci sono state rotture o lacerazioni interne.

Vengo inondato dal sollievo e i miei occhi si inumidiscono, ma cerco di controllare l'emozione. Siamo stati fortunati questa volta. La prossima, potremmo non esserlo.

Merda. Ho lasciato il telefono in macchina. Porto Tyler, che è a peso morto e profondamente addormentato dopo gli estenuanti esami, verso l'uscita.

Camden è seduto nella sala d'attesa a scorrere il suo telefono. Alza lo sguardo, un'espressione di sollievo gli inonda il viso. Provo esattamente la stessa cosa.

«Lascia che porti più vicino la macchina,» dice Camden. Si precipita fuori dalla sala d'attesa, e io mi dirigo verso l'uscita. Aspetto dal lato opposto delle porte doppie, dove fa caldo e l'inverno non riesce a farsi strada.

In pochi minuti, Camden si avvicina con la macchina. Non è calda come al solito, ma almeno ci ha aspettati, il che è un sollievo, dato che non ho il mio telefono.

«Dove andiamo, capo?» chiede Camden. «In ufficio?»

«No, portaci a casa.»

Non mi preoccupo di andare in ufficio. Non sono vestito adeguatamente e Tyler è la mia priorità assoluta. È sempre stato importante mantenerlo al sicuro. Ecco perché ho assunto una tata con vaste conoscenze sulla sua condizione e con una formazione medica come infermiera specializzata.

Controllo il mio telefono: non ci sono messaggi. Non ho notizie da Elisa. Non so cosa mi aspettassi dopo ieri sera.

Di certo non avevo pianificato di andarci a letto. Prendo il mio telefono per mandarle un messaggio, ma non sono sicuro di cosa dirle. Ieri sera è stato divertente? Vuoi rifarlo qualche volta?

La verità è che devo concentrarmi su Tyler.

Elisa è una distrazione. Una bellissima distrazione, ma non posso pensare a lei. Lavora per me, e non ho bisogno che le Risorse Umane mi dicano che sono fuori dalle regole aziendali e che presto potrebbe pioverci addosso una causa legale.

Non che pensi che Elisa sia a caccia dei miei soldi,, ma comunque sa che sono ricco .

Passo il resto della giornata rilassandomi sul divano con Tyler, guardando cartoni animati e film per bambini che ama vedere ripetutamente.

Sento bussare alla porta. «Resta proprio qui,» dico, dando a Tyler un bacio sulla guancia prima di spostarmi dal divano alla porta d'ingresso.

Guardo attraverso lo spioncino.

Elisa Emerson.

Apro la porta, senza esattamente invitarla dentro. «Hai dimenticato qualcosa?» chiedo, guardandomi intorno. Non ho trovato nulla di suo , ma del resto non ho nemmeno cercato davvero.

Spalanca la bocca e scuote la testa. «Non eri al lavoro oggi. Hai perso un'importante riunione con la casa di produzione. Sono venuti apposta per finalizzare il progetto Brooke.»

«Ero occupato.» Non elaboro ulteriormente. Rimango in piedi con una mano sulla porta e l'altra sul muro, mantenendo le distanze con lei. «È successo qualcosa.»

«Capisco,» dice, e aggrotta la fronte. «Non è a causa di quello che è successo ieri notte tra noi, vero? Se il problema sono io, Weston, mi licenzierò. Te l'ho detto fin dal primo giorno.»

Mi lascio sfuggire una risatina. «Non ti sto chiedendo di licenziarti. Fai un ottimo lavoro con il dipartimento acquisizioni e come mia assistente.»

«Ma...?» chiede, aspettando che io aggiunga qualcosa.

Il mio cellulare squilla, e anche se non so chi sia, potrebbe trattatarsi di telemarketing e sarei comunque più felice di parlare con loro che con Elisa in questo momento. «Ma niente. Devo rispondere a questa chiamata,» dico, e prendo il telefono dal bancone.

«Sarai al lavoro domani?» chiede Elisa. «Il personale si chiedeva perché non sei venuto dato che avevi riunioni programmate per tutto il giorno.»

«Ho avuto un'emergenza.» Chiudo la porta e rispondo al chiamante. «Cosa?» abbaio.

«Anche per me è un piacere parlarti,» dice Logan.

Mi strofino la fronte. «Cazzo, scusa.»

«È un momento inopportuno? Posso richiamare,» chiede Logan.

Nessun momento sembra mai buono, ultimamente. «No, va bene.» Chiudo a chiave la porta d'ingresso e mi siedo sulla poltrona reclinabile di fronte a Tyler. È completamente rapito dai suoi cartoni animati, il che mi dà qualche minuto per sfogarmi con uno dei miei amici più cari, Logan Henderson.

«Dunque, io e Julianna veniamo su per il matrimonio di Levi,» dice Logan. «E io, uhm, potrei portare una ragazza carina.»

Sua figlia, Julianna, ha quindici anni, quasi sedici. Ricordo ancora il giorno in cui è nata quella bambina. Quando diavolo sono diventato così vecchio?

«Cosa?» Rido e mi copro la bocca con la mano. «Hai un ragazza? Dannazione, sarò l'unico di noi che rimarrà al tavolo dei single?»

«Sembra che la tua vita amorosa faccia schifo,» commenta Logan. «Strano, dato che hai sempre una ragazza al braccio ovunque andiamo.»

«Mi piace restare libero di giocare con chi voglio,» dico, e alzo le spalle. Passo più tempo a concentrarmi su Tyler che su chiunque altro. Come dovrei trovare il tempo per una relazione?

«Qualunque cosa ti renda felice,» dice Logan. «Comunque, ho incontrato questa ragazza fantastica. È una vlogger e si chiama Cali.»

Non posso fare a meno di ridere. «Quanti anni ha, diciassette?»

«È maggiorenne, idiota,» mi lancia Logan. «Ventinove, ma l'età è solo un numero.»

«Accidenti, ben fatto.» Fischio in risposta a come si sia accaparrato una ragazza quattordici anni più giovane di lui. «Fortunato che non sei altro.»

Logan ride. «La ragazza è tutt'altro che fortunata. È carina, però, e impertinente. Oh mio dio, e che linguaggio che ha. Comunque, affitteremo una stanza al Luxenberg per il matrimonio. Dovremmo rivederci, bere qualcosa mentre sono in città.»

«Sembra bello,» dico, e lascio uscire un enorme sospiro.

«Che c'è?» Logan ed io abbiamo prestato servizio militare insieme. Quell'uomo sa leggermi, il che a volte è positivo e altre volte maledettamente preoccupante.

«È che devo trovare qualcuno che possa occuparsi di Tyler. Non posso esattamente portare un bambino di tre anni al bar e la tata è... uhm, non una possibilità.»

«Ti ha lasciato?» chiede Logan con una risata.

«No, è morta, stronzo.»

«Mi dispiace,» si scusa Logan. «Non era tipo super vecchia?»

«No, aveva sessant'anni.»

Segue un silenzio. «Potrei chiedere a Julianna di guardare Tyler mentre usciamo.»

Inspiro, facendo un respiro lungo e lento. «Non so. Apprezzo l'offerta, ma Tyler è speciale. Capisci?»

«A meno che non stia pianificando di avvolgere quel bambino nella plastica a bolle, devi accettare che ci sono alcune cose che non puoi controllare. Deve crescere e vivere la sua vita. Non avere un genitore elicottero che lo insegue come la sua ombra.»

Mi pizzico il ponte del naso. «Non ho bisogno di una predica da parte tua,» dico. Lui non sa cosa significa crescere un bambino che rischia di morire per qualsiasi cosa. E prima o poi morirà, probabilmente prima di me. L'aspettativa di vita è intorno ai quarant'anni, il che sembra lontano, ma Wren è morta sui vent'anni, e ha lottato per tutta l'infanzia con complicazioni e problemi di salute.

«Capisco, stai attraversando qualcosa con cui nessuno di noi ha mai dovuto confrontarsi,» dice Logan con empatia. «Ti ammiriamo molto per esserti fatto avanti ed essere presente per Tyler. Ma ha bisogno di spazio per crescere, sia emotivamente che fisicamente. Non soffocarlo a morte.»

Non accenno nemmeno un sorriso. «Non è divertente.»

«Vuoi che chieda a Julianna di fare da babysitter o no?» replica Logan.

«Sì, potresti iniziare a parlargliene. E cos'è questa storia che porti una ragazza? Chi è la sfortunata che si è ritrovata con te?»

«Si chiama Cali,» dice di nuovo Logan, «e l'abbiamo incontrata quando è venuta nel mio resort per fare una recensione del posto.»

Spalanco la bocca mentre ricordo la recensione devastante che era stata diffusa sui social media sul

Blue Sky Resort. «Stai uscendo con quella traditrice?»

«Beh, è stato il suo capo a modificare la recensione e cercare di distruggere il mio resort.»

«Wow, che stronza.» Non posso credere che sia finito per uscire con quella ragazza dopo tutto quel dramma.

«Cali è in realtà molto dolce. Ti piacerà.»

«Quindi, chi gestisce il resort mentre sei a New York per il matrimonio?» chiedo.

«Wyatt.»

«Tuo fratello?» Mi copro il viso con la mano, cercando di non ridere. «Si rende conto che non può andare a letto con tutti gli ospiti?» Wyatt ed io abbiamo parecchie cose in comune. Nessuno dei due ha l'impulso di sistemarsi e creare una famiglia.

«Gliel'ho già detto, ripetutamente.» Logan ride. «Lungi da lui ascoltarmi, ma almeno sta lontano da Cali.»

Condividiamo qualche racconto prima di riattaccare, e mi metto a preparare la cena.

Il mio telefono suona per una notifica e do un'occhiata, rendendomi conto che è un nuovo messaggio nell'app di incontri. Lo ignoro, finendo di preparare la cena e facendo cambiare Tyler per metterlo a letto.

Non vuole dormire nel suo letto a forma di macchina da corsa dopo la caduta di oggi. Non sono sicuro di non aver peggiorato la situazione, trascinandolo dall'altra parte della città fino all'ospedale per un milione di esami diversi.

Lo metto nel mio letto, circondato da cuscini, e aggiungo qualche cuscino in più sul pavimento. Non è un bambino che di solito rotola fuori dal letto, non lo fa da più di un anno, quindi non sono sicuro di cosa stia succedendo.

Ha cercato di alzarsi dal letto ed è inciampato? A tutti succede di svegliarsi un po' disorientati. Ma la maggior parte di noi non deve preoccuparsi che questo possa ucciderci.

Dopo che Tyler si è addormentato, mi rilasso sul divano, passando da un canale all'altro. Non c'è molto in onda, niente di nuovo da guardare.

Il mio telefono emette di nuovo un suono, avvisandomi di un altro nuovo messaggio.

Lo prendo dal tavolino e apro l'app di incontri. Ho due nuovi messaggi, entrambi da *Sunny in Paris*.

Sunny in Paris: Dici che tutti gli uomini sono degli stronzi?

Getto la testa all'indietro e chiudo gli occhi.

Cazzo, ho fatto un casino con Elisa. Alla grande. Non sono sicuro di cosa mi aspettassi o sperassi, soprattutto quando è venuta alla mia porta.

Ma questo messaggio a *Steamy Single Dad* non è quello che voglio. È arrabbiata con me e non ha torto. L'ho liquidata. Ho avuto una giornata di merda e non volevo parlarne con lei.

Mi ha inviato un secondo messaggio e scorro per leggerlo.

Sunny in Paris: Foto o sei fuori. Ti blocco se non mi mandi una tua foto.

Sì, questo non aiuterà. Non posso farle sapere che sono io, e se prendo una foto a caso da internet, può facilmente fare una ricerca inversa per immagini. Non voglio essere quel tipo di stronzo.

Quindi, faccio la cosa migliore possibile. Apro il telefono, scorro tra le mie foto fino a trovarne una del mio amico Logan. Fingerò di essere lui. Almeno con la foto. Il resto sono tutto io.

E nessuno deve saperlo.

Carico la fotografia di lui fuori accanto al falò. Ci sono anch'io nella foto ma taglio me stesso e la invio a lei.

Steamy Single Dad: Non tutti gli uomini sono stronzi.

Clicco sul suo profilo e scorro le sue foto. Perché diavolo sono così preso da lei? Compare una notifica che indica che è online. Probabilmente sta leggendo il messaggio che ho inviato e guardando la foto proprio adesso.

Le probabilità che lei conosca Logan sono scarse. Lui una volta viveva a New York, ma è stato in Montana per un po', ambientandosi nel nuovo resort in cui ha investito. Sebbene sia anche lui un miliardario, non ha mai avuto una forte presenza mediatica. È riuscito a mantenere gran parte della sua vita privata fuori dai radar.

Breckenridge, Montana. Ancora non riesco a credere

che chiami quel posto casa, dopo aver vissuto a New York.

Ci sono giorni in cui considero l'idea di fare qualcosa di simile. Lasciarmi tutto alle spalle e trasferirmi in spiaggia, godendomi tutto ciò che la vita ha da offrire. Ma mi preoccuperei di annoiarmi se andassi in pensione presto. Inoltre, ci sono troppe persone che contano su Blazing Media. Hanno lavori e vite, e non posso semplicemente andarmene perché voglio farlo. Sarebbe egoista.

Compare una notifica di un nuovo messaggio. Faccio doppio clic.

Sunny in Paris: Carino, ma sei davvero tu? Manda un'altra foto.

Faccio un sorriso ironico. È intelligente. Sfoglio altre foto e mi imbatto in un'altra con Logan. Devo ritagliare sua figlia adolescente seduta accanto a lui e ingrandire, rendendola più un ritratto.

Steamy Single Dad: Problemi di fiducia, eh? Invio subito.

Premo invio e allego l'immagine di Logan. Mi sento sporco, e sebbene sappia che è sbagliato, voglio chattare con Elisa, conoscere la vera lei. E non posso farlo con entrambi i nostri muri alzati. Essere il suo capo è un po' un ostacolo.

Sunny in Paris: Wow. Ok, due su due. Ne hai una terza?

Allego un'altra fotografia di Logan, questa lo ritrae mentre fa snowboard sulle piste. Indossa un casco e l'attrezzatura, quindi non si può dire che sia lui, ma è una terza foto che ho a portata di mano.

Steamy Single Dad: Ho dimostrato chi sono. Ora tocca a te, Sunny in Paris.

Faccio clic su invio, insieme alla foto, e aspetto che risponda. Mi sdraio sul divano, mettendomi comodo. Mentre aspetto che mi risponda nell'app, apro i miei messaggi e scrivo a Elisa.

Weston: Spero davvero che tu non ti licenzi. Mi dispiace per stamattina, ho avuto un'emergenza e ho lasciato il telefono a casa.

Elisa: Emergenza? Cosa è successo?

Non voglio entrare nei dettagli specifici con lei riguardo a Tyler.

Weston: Va tutto bene.

Elisa: Non va tutto bene. Dobbiamo parlare.

Gemo al messaggio che mi ha inviato. Non viene mai fuori niente di buono dalla frase *dobbiamo parlare*.

Non le rispondo, aspettando di vedere se scrive a *Steamy Single Dad*, anche se probabilmente non sarebbe un buon segno se lo facesse, perché significherebbe che è andata oltre qualunque cosa abbiamo condiviso la scorsa notte.

Il mio telefono vibra con un altro messaggio.

Elisa: Posso venire da te?

Tamburello le dita sulle cosce, riflettendo se sia saggio lasciarla tornare a casa mia. Invitarla a venire è ciò che ha complicato le cose tra noi. Ma stare qui a scriverle nell'app di incontri, fingendo di essere qualcun altro, non sarebbe giusto.

Weston: Sì, aprirò la porta, ma Tyler sta dormendo, quindi dobbiamo stare tranquilli.

Mi alzo e sblocco il chiavistello, permettendo a Elisa di entrare quando sarà pronta a raggiungermi.

Non mi risponde. Due minuti dopo, apre silenziosamente la porta ed entra.

Elisa si guarda intorno. Non sono sicuro di cosa stia

cercando. Le ho già detto che Tyler sta dormendo. «Posso entrare?»

«Certo, accomodati.» Le indico il divano e mi lascio cadere sui cuscini accanto a lei. Potrei sedermi sulla poltrona, da solo, ma preferisco starle vicino. Non so spiegarlo, ma stare con Elisa mi fa sentire molto più calmo e rilassato.

«A proposito di ieri sera,» dice Elisa, e poggia le mani unite in grembo. «È stato un episodio isolato. Non può succedere di nuovo.» Il suo viso è impassibile, e io annuisco lentamente.

«Se è questo che vuoi,» dico, senza rivelarle cosa provo riguardo a ieri sera.

«Sei il mio capo. Non credo dovremmo andare a letto insieme. Se qualcuno al lavoro lo scoprisse...»

«Non succederà,» le assicuro. «Nessuno lo saprà.»

Lei esala un respiro nervoso e si stringe le mani in grembo. «Va bene. Non voglio che circolino voci.» Il suo sguardo si blocca nel mio. «Non ho detto a nessuno di noi.»

«Neanch'io,» dico. Anche se avessi voluto, non ne

avrei avuto il tempo, dato che ho badato a Tyler tutto il giorno. «Vuoi una birra dal frigorifero?»

«No, ieri ho bevuto fin troppo alcol per questa settimana.»

Si pente di essere andata a letto con me? Non oso fare una domanda di cui non potrebbe non piacermi la risposta.

Mi appoggio allo schienale del divano, lasciando che i cuscini mi avvolgano. «Quindi lo attribuiremo a troppo vino e scarso giudizio.»

La sua fronte si corruga e stringe le labbra. «Chiamalo come vuoi, ma non accadrà di nuovo. È stato un errore.»

Le parole di Elisa mi feriscono come un coltello, tagliando il mio petto e aprendo ferite fresche.

«Un errore?» Avrei davvero voluto prendere quella birra per distrarmi. Qualcosa da portare alle labbra mentre fisso i suoi lineamenti, con il mio sguardo che scende dal suo naso alle sue labbra rubino.

«Avevamo bevuto troppo e abbiamo abbassato le inibizioni. Succede. Diamo la colpa all'alcol,» dice Elisa. Si alza e incrocia le braccia sul petto. «Non sono arrabbiata. Cioè, lo ero quando non ti ho visto in ufficio e pensavo che mi stessi evitando dopo avermi lasciata a piedi per andare al lavoro. Ma capisco. Avevi un'emergenza.» Fa spallucce come se stesse cercando di essere tranquilla riguardo al fatto che l'ho piantata in asso.

«Ho dovuto portare Tyler al pronto soccorso,» dico. Mi torco le mani. Sarebbe bello avere una vita normale, ma la mia è tutt'altro che normale, dovendo crescere mio figlio.

«Cosa?» Gli occhi di Elisa si spalancano. «Sta bene?»

«Sta bene,» dico. Il suo sguardo mi sta rendendo nervoso. Mi alzo e mi dirigo verso il frigorifero, optando per prendermi quella famosa birra.

Ma stasera berrò solo un drink. Non possiamo ripetere quanto accaduto ieri sera. Soprattutto perché il mio piccolo sta dormendo profondamente nel mio letto.

Lei annuisce lentamente, osservandomi. «È un sollievo. Quindi, siamo a posto?»

«Quando non lo siamo stati?» ribatto, stappando la bottiglia di birra.

«Non ero sicura. Mi hai praticamente sbattuto la porta in faccia in modo piuttosto brusco, Wes.»

Inspiro bruscamente al sentire il soprannome e la sua fronte si aggrotta, notando la mia reazione. Cerco di nasconderla, fingere che non mi dia fastidio, perché c'era solo una persona al mondo che mi chiamava *Wes*... ed è morta.

«Avevo una telefonata importante,» dico, cercando di minimizzare l'accaduto. «Mi dispiace se è sembrato maleducato o brusco.» Sono davvero dispiaciuto di averla ferita, non era nei miei piani e non è da me. Non faccio cose per ferire qualcuno a cui tengo.

«Scuse accettate,» dice Elisa. «Sono contenta che siamo tornati ad essere amici.»

«Vuoi restare, guardare un film o qualcosa del genere?» propongo.

«Come amici?» Solleva un sopracciglio, come se volesse assicurarsi che non sia una proposta che porterà a qualcos'altro. Sarebbe la fine del mondo se lo fosse? «Perché non posso andare a letto con il mio capo.»

«Capito. Vuoi restare per un film o no?» chiedo, prendendo un altro sorso dalla mia birra.

Stringe le labbra, pensandoci su. «Hai i popcorn?»

Guardiamo una commedia romantica che sceglie lei e comincio a chiedermi perché ho accettato. Non è che avrò il beneficio di dormire con lei alla fine della serata, sottoponendomi a una rom-com che è fin troppo civettuola e irrealistica. L'amore non è così dolce. Sarebbero stati novanta minuti di tortura se non avessi avuto il lusso di guardare Elisa di tanto in tanto.

La sua risata.

Il suo sorriso.

Il modo in cui fa uscire la lingua e tocca l'angolo delle labbra.

Quando diavolo sono diventato così tremendamente cotto di una ragazza?

Dopo la fine del film, spengo la televisione e butto nella spazzatura i chicchi di popcorn rimasti nella ciotola.

«Ho un passaggio per il lavoro domani o non verrai in ufficio?» chiede Elisa.

«Camden ci accompagnerà domattina. Non fare tardi.»

«Non sono arrivata tardi stamattina,» dice Elisa.

Si dirige dall'altra parte del corridoio, tornando a casa sua, e io chiudo a chiave l'appartamento.

Già mi manca la sua compagnia. Era bello avere un adulto con cui conversare, qualcuno che non sta blaterando sul suo personaggio dei cartoni preferito e se può guardare un altro episodio prima di andare a letto.

Chiudo per la notte, spengo le luci e mi dirigo verso la camera da letto quando il mio telefono suona per una notifica.

È una notifica da *Sunny in Paris*.

Apro l'app di incontri e leggo il suo ultimo messaggio.

Sunny in Paris: Sei carino, ma perché sei ancora single? Qual è la fregatura?

Premo "rispondi" e inizio a digitare il mio messaggio.

Steamy Single Dad: Nessun inganno. Ho un figlio. Non mi lascia molto tempo per incontrare delle ragazze.

Appoggio il telefono sul comò e sollevo Tyler tra le

braccia, portandolo in camera sua e mettendolo a letto.

Se domani dovesse andare di nuovo nel panico per il letto a forma di macchina da corsa, lo donerò e gli prenderò un nuovo lettino o metterò il materasso sul pavimento.

Chiudendo la porta della sua camera, torno nella mia stanza e c'è già un messaggio che mi aspetta da *Sunny in Paris*.

Sunny in Paris: Posso capirlo. Non si può portare un bambino in un bar. Quanti anni ha?

Fa molte domande ma non mi ha davvero detto nulla di sé. Mi tolgo i jeans e mi infilo sotto le coperte, rispondendole.

Steamy Single Dad: È piccolo, meno di cinque anni.

Non voglio rivelare troppo o farle sospettare che sono l'uomo con cui sta conversando, ma non credo che a questo punto lei lo sospetti.

Continuo il mio messaggio.

Steamy Single Dad: Non mi hai ancora detto perché sei ancora single. Una bella donna come te, sono sicuro che ricevi inviti continuamente.

Spengo la lampada sul comodino ma continuo a guardare lo schermo. È online, quindi aspetto che mi risponda. Nel giro di pochi minuti, arriva una notifica.

Sunny in Paris: Non sono sempre brava a scegliere gli uomini migliori.

Accenno un sorrisetto. Sta parlando di me?

Steamy Single Dad: Dimmi di più. Rispondo e aspetto la sua risposta.

Sunny in Paris: Sono uscita con il mio capo.

Ora si fa interessante. Mi metto seduto, afferrando alcuni cuscini per tenermi sollevato.

Steamy Single Dad: E lui è attraente?

Sunny in Paris: Non è questo il punto. È il mio capo.

Beh, abbiamo fatto molto più che uscire insieme, a meno che non si riferisca alla prima volta che ci siamo incontrati, e non credo sia questo il caso. Quella sembra storia antica dopo quello che è successo tra noi la scorsa notte.

Steamy Single Dad: Beh, voglio dire, probabilmente non è

un grosso problema a meno che tu non ci abbia dormito insieme.

Non posso credere di aver inviato quel messaggio, ma cavolo, mi sto divertendo troppo. È come essere una delle sue amiche e avere informazioni dettagliate sulla notte che ha passato a casa di qualche ragazzo.

Sunny in Paris: Di solito non lo faccio. E non posso credere che te lo stia dicendo perché NON lo farò MAI più. Non sono il tipo di ragazza da avventure di una notte. Non lo sono mai stata e non lo sarò mai più. Proprio no. Quindi, se speri che sarò un'avventura, puoi chattare con qualcun altro.

Almeno sta chiarendo il suo punto forte e chiaro.

Steamy Single Dad: Non sono interessato a un'avventura, Sunny in Paris.

Ci mette qualche minuto a rispondere, e comincio a chiedermi se si sia addormentata. Si sta facendo tardi. Il mio telefono fa un *bip*, avvisandomi che ha risposto.

Sunny in Paris: Bene, perché la maggior parte dei ragazzi perde interesse dopo il terzo appuntamento se il sesso non è sul tavolo.

Wow, quindi le piace davvero prendere le cose con calma. La apprezzo per questo. Sebbene non sia qualcosa a cui sono abituato, non ho problemi con il modo in cui gli altri vivono la propria vita.

Steamy Single Dad: Non sono come la maggior parte dei ragazzi.

Sì, perché di solito sono fortunato la prima sera. Ma mi astengo dal menzionarle questo.

Sunny in Paris: Sei disposto a incontrarmi per un caffè?

Emetto un pesante sospiro. Non ci ho pensato bene. Ovviamente avrebbe voluto incontrarmi prima o poi, o almeno parlare al telefono. Magari fare anche una videochiamata per assicurarsi che io sia chi dico di essere. Il gioco è finito.

Quando non le rispondo abbastanza velocemente, lei risponde.

Sunny in Paris: Preferisco incontrare presto la persona con cui sto chattando online, per assicurarmi che sia chi dice di essere e che ci sia chimica. Ho avuto troppi appuntamenti brutti e mi piacerebbe incontrarti.

Abbiamo avuto entrambi una serie di brutti appuntamenti, il più recente l'uno con l'altra.

Almeno, il mio lo è stato, e presumo che il suo ultimo appuntamento sia stato con me. Ma chissà. Se mi sta scrivendo sull'app, con quanti altri ragazzi sta parlando?

In realtà non avevo cancellato alcun nuovo messaggio quando l'ho presa in giro quel giorno in ufficio, prendendole il telefono. Stavo cercando di flirtare con lei.

È stata una mossa pericolosa e avrebbe potuto ritorcersi contro di me.

Sì, e anche questa potrebbe, fingere di essere Logan mentre chatto con la mia assistente.

Non rispondo al suo messaggio. La lascio in sospeso, esco dall'app, collego il telefono alla presa e mi giro per dormire.

Ma i miei sogni sono pieni di Elisa, le sue curve femminili, gli occhi luminosi e il suo sorriso malizioso. E non sono sogni dolci. Le mordo la pelle, lascio segni, la divoro mentre lei grida il mio nome, ancora e ancora.

Mi sveglio in un bagno di sudore. Non una volta. Non due volte. Ma quattro volte. Giuro che la versione onirica di Elisa mi ucciderà.

Nelle prime ore del mattino, mi faccio la doccia sotto un getto di vapore, lasciando che i miei sporchi e vividi pensieri di lei che succhia il mio cazzo mi alimentino mentre accarezzo il mio membro.

È tutto ciò a cui penso, che immagino, mentre finalmente mi lascio andare.

Merda.

Era già abbastanza brutto averla nella mia testa prima di fare sesso. Ma ora che l'ho avuta nel mio letto, è costantemente nella mia mente. È tutto ciò a cui riesco a pensare.

È come una dipendenza e sto bramando la prossima dose.

Finisco di farmi la doccia proprio mentre il sole inizia a sorgere. Mi vesto e metto su una caffettiera mentre sveglio Tyler e gli tolgo dal pigiama per prepararlo per andare a con me.

Ha saltato l'asilo ieri mentre era in ospedale a fare degli esami. Non che avrei potuto accompagnarlo e andarlo a prendere. Potrei chiedere a Camden di occuparsi di portare in giro Tyler, ma non dovrebbe essere lui responsabile di mio figlio. Era compito di Martha, aiutarmi con il mio bambino.

Dovrei assumere una nuova tata, qualcuno che dia a Tyler attenzioni indivise invece di concentrarmi sull'apertura di un asilo nell'edificio. E mentre potrei fare entrambe le cose, il mio tempo è già ridotto al minimo mentre cerco di completare il mio lavoro con un orario limitato.

Quando mio padre era vivo e lavoravo da casa, facevo lunghe giornate e nottate. Mi ero ripromesso che non l'avrei più fatto dopo la sua morte, che avrei stabilito dei limiti e un sano orario di lavoro. Ma è difficile riuscire a finire tutto prima della fine della giornata.

E aggiungere altre responsabilità, come trovare una nuova tata per Tyler o creare l'asilo nell'edificio, non sono piccoli progetti da affrontare. È come aggiungere un'altra montagna di lavoro quando ho già l'Everest da scalare.

Tyler ed io scendiamo, ed Elisa ci sta aspettando nell'atrio. «Buongiorno,» dice mentre ci avviciniamo.

Camden è già in attesa, e usciamo insieme al freddo come giorni fa, come se non fosse successo niente tra noi.

Sono grato per la possibilità di ricominciare da capo con Elisa. Anche se non mi vede come qualcuno che valga la pena frequentare, non voglio essere ricordato e odiato come l'uomo con cui è finita a letto mentre era ubriaca.

Non voglio essere il suo più grande rimpianto.

Ci dirigiamo in ufficio, e sistemo Tyler sul divano a giocare con le sue action figure. Non è particolarmente silenzioso, ma posso tollerare il suo livello di rumore. Almeno si sta divertendo e non sembra dispiacergli di essere bloccato con me tutto il giorno.

«Signore,» dice Elisa mentre bussa alla porta aperta del mio ufficio.

Sono al telefono con uno dei nostri avvocati. Il film per cui avevamo avuto il via libera per finanziarlo, aveva in giro più di una sceneggiatura e non ne eravamo stati informati. Qualcun altro sta cercando di rubarci la sceneggiatura da sotto il naso per produrla prima che possiamo lanciarla noi.

Le faccio cenno di entrare.

Elisa si siede di fronte a me mentre parlo animatamente con Gary, il nostro avvocato specializzato in media. Sto cercando di controllare le mie parole, dato che mio figlio è in ufficio. E sebbene non sembri prestare molta attenzione, un bambino è una spugna assoluta a questa età.

Finalmente riattacco, sbattendo il telefono.

«Momento sbagliato per chiederti se vuoi qualcosa per pranzo?» scherza Elisa.

Do un'occhiata all'orologio. Non mi ero reso conto che fosse quasi l'una. Ho lavorato senza sosta per fare il più possibile, e anche se ho un ottimo staff che mi aiuta, siamo a corto di personale, dato che molti si sono dimessi settimane fa quando ho preso il comando.

«Ho bisogno di una pausa,» dico, e mi alzo, stiracchiandomi. «Tyler, vuoi andare a pranzo fuori?»

«Sì, papà!» strilla Tyler e lascia cadere le sue action figure di dinosauro sul pavimento. Salta giù dal divano e io faccio una smorfia, terrorizzato che mio figlio possa cadere e farsi male.

«Tyler!» Non posso fare a meno di rimproverarlo. «Devi stare attento.»

È difficile per lui capire cosa può succedere se subisce un trauma al corpo. A tre anni, non ha la comprensione che persino un urto sul parco giochi potrebbe essere fatale.

«Sta bene,» dice Elisa, e Tyler le prende la mano.

Lei mi guarda come se avessi perso la testa. Non ha idea di quello che abbiamo passato come famiglia. «Non sta bene. Se cade o sbatte contro qualcosa con forza, rischia la rottura degli organi interni.»

«Di cosa stai parlando?» chiede Elisa, guardando Tyler. Gli rivolge un sorriso caloroso e amichevole. «Prendi il tuo dinosauro di peluche. Parlerò con il tuo papà nel corridoio.»

Mi afferra il braccio, trascinandomi praticamente fuori dal mio ufficio.

«Di cosa diavolo stai parlando, Wes?»

Emetto un respiro tremante. «Tyler ha la sindrome EDS vascolare, proprio come sua madre.»

«Non so cosa sia,» dice Elisa, scuotendo la testa, aspettando che mi spieghi meglio.

«Ha una carenza di collagene che lo mette a rischio di rottura degli organi interni e delle arterie.»

«Non...» Si ferma, cercando di parlare. «Non lo sapevo, mi dispiace. Sono sicura che stai solo cercando di proteggerlo. Non mi rendevo conto che...potrebbe... morirà?»

Esalo un respiro pesante. «Intendo proteggerlo finché posso, ma l'aspettativa di vita è di quarant'anni. Tuttavia, mia sorella ha a malapena raggiunto i vent'anni. Wren ha avuto costantemente problemi di salute legati alla sua diagnosi. Ha subito molteplici interventi chirurgici e complicazioni durante tutta l'infanzia e l'adolescenza.»

«È terribile, mi dispiace. Non ne avevo idea.»

Il modo in cui mi guarda...

«Non voglio la tua pietà. Hai chiesto e ho pensato di spiegarti perché sono così severo quando si tratta della sua sicurezza. È per questo che avere una tata che conoscesse la sua condizione era così importante per me.»

Elisa apre la bocca. «Mi hai lasciato badare a lui. Non avevo idea...» la sua voce si spegne.

«Era tardi e notte. Non ero preoccupato che tu lo portassi al parco giochi o a fare uno sport d'impatto.

Anche se non comprende pienamente il disturbo, sa che non gli è permesso saltare sui letti o dai mobili.»

«Papà, ho fame,» dice Tyler, uscendo dal mio ufficio con il suo dinosauro blu. Il giocattolo è il suo preferito in assoluto, probabilmente perché era un regalo di sua madre. Abbiamo decorato la cameretta di casa mia con un tema dinosauri. Avevo pianificato che tutti e due vivessero con me, solo che non mi aspettavo che Wren non avrebbe fatto in tempo.

«Unisciti a noi per pranzo,» dico a Elisa, prendendo in braccio Tyler e portandolo all'ascensore. Lui mi avvolge un braccio attorno al collo, schiacciandomi il petto con il suo amico di peluche.

«Sei sicuro?»

«Non l'avrei chiesto, altrimenti.»

NINE

Elisa

LA VOCE burbera di Weston risuona ancora nella mia testa, mentre urla a Tyler di non saltare dal divano. Guardando il bambino, è impossibile capire che stia lottando con un problema di salute.

Trascorro un po' di tempo a cercare informazioni sulla Sindrome di Ehlers-Danlos Vascolare. È genetica. È quasi sempre fatale. Tuttavia, non sembra che causi così spesso effetti dannosi nei bambini piccoli.

Ci sono numerosi adolescenti non diagnosticati che sono morti di V-EDS e posso capire la preoccupazione di Weston, ma non sono sicura se questa paura sia guidata da qualcos'altro. Come qualunque cosa sia successa a sua sorella.

Vorrei parlarne con lui, ma non voglio insistere, e certamente non posso farlo mentre siamo in ufficio.

Theo consegna il mio vestito a casa mia ed è stato adattato alla perfezione. Il matrimonio è questo sabato e non vedo l'ora di trascorrere una serata tra ragazze con Clare e le sue amiche, celebrando la sua ultima notte da donna libera.

L'addio al nubilato.

Appendo il vestito per il matrimonio nell'armadio e indosso un abito di seta verde scuro. Sembra quasi una sottoveste, ma è sexy da morire. E voglio uscire e farmi notare.

Infilo il telefono nella borsa e mi incontro con le ragazze al locale. Non ho avuto notizie da *Steamy Single Dad*. Ho la sensazione che mi stia ignorando. Se non vuole incontrarmi per un caffè, perché mandarmi messaggi? A meno che non sia l'uomo attraente nelle foto che ha inviato.

Gli uomini sono notoriamente viscidi, soprattutto sulle app di appuntamenti. O peggio, potrebbe essere un adolescente che finge di essere un uomo adulto. Bleah, chi fa una cosa del genere e finge di essere un padre single?

Non ho controllato l'app per altri appuntamenti, dato che *Steamy Single Dad* sembra essere scomparso dalla nostra chat, lasciandomi a chiedermi cosa diavolo sia andato storto.

È sposato?

Fidanzato?

Entro nel locale, assicurandomi di arrivare con qualche minuto di ritardo per non essere la prima. Clare è già lì con alcune ragazze. Sono sorpresa di vedere Sloane, immagino che sia stata invitata quando siamo uscite qualche settimana fa e ci siamo incontrate tutte.

Abbraccio Clare e poi Sloane, presentandomi ad alcune delle sue amiche.

«Sei emozionata per domani, la tua prima notte di nozze?» chiede Sloane, alzando gli occhi in modo allusivo.

Clare scoppia a ridere. «Non penserai davvero che abbiamo aspettato.» Afferra uno shot e lo butta giù. La ragazza sembra già ubriaca.

«Forse dovresti rallentare,» dico. «Non vorrai avere i postumi di una sbornia il giorno del tuo matrimonio.»

Clare annuisce. «Hai ragione. Siamo qui per vedere degli spogliarellisti!» grida Clare, e ulula quando i ragazzi cominciano a salire sul palco.

«Questo è un locale di spogliarello?» Come ho fatto a non accorgermene? Mi hanno chiesto un documento all'ingresso, ma pensavo fosse perché c'era alcol ed era un club.

Gli uomini sono invitanti, belli da vedere, e accidenti, faccio fatica a stare ferma. Ci sono quattro di loro sul palco e le mie guance bruciano mentre i miei occhi percorrono i loro corpi.

«Lo spogliarellista più sexy. Dai, dillo.» Sloane mi dà una gomitata, volendo che partecipi al loro divertimento.

I ragazzi sono tutti ben messi e ben dotati, ma non posso dire di avere una cotta per nessuno di loro. «Uhm, forse il ragazzo dietro.»

«Assomiglia un po' a al signor Grump,» dice Sloane.

Scuoto la testa. «Assolutamente no. Sono solo i capelli scuri.»

Sloane sorride, fissandomi. «Potrebbe davvero essere il signor Grump se bevessi qualche drink in più.»

Non c'è modo che lei possa sapere che sono andata a letto con Weston. «Di cosa stai parlando?» Rido alla sua insinuazione.

«Hai una cotta per il nostro capo.»

«Non è vero,» sibilo, guardandola male. «È un fastidioso scapolo burbero. Scommetto che flirta con tutte le donne che incontra.»

«Tu lo sai bene. Ci sei uscita,» interviene Clare.

«Perché vi accanite tutte su di me e Wes?» chiedo.

«Wes?» Sloane coglie il soprannome prima che io possa fingere che mi sia sfuggito. «Wow, la prossima volta lo chiamerai baby o papino.»

«È assurdo, e sei ubriaca.» Ho visto Sloane ubriaca fradicia e non è minimamente sbronza, ma sto cercando di allontanare questa conversazione dal mio sexy capo e portarla su qualcun altro. Chiunque. «Quale spogliarellista pensi sia più sexy?» chiedo, aspettando che una di loro risponda. Chiunque.

Clare, Sloane o le altre tre ragazze, Cali, Ellie e Tali. Due di loro sono sorelle.

«Sono tutti piuttosto stupendi, ma sinceramente, preferirei vedere il mio uomo che si spoglia,» dice Cali con una risatina.

«È ancora nella fase luna di miele,» commenta Clare.

«Ti sei sposata di recente?»

Cali scuote la testa. «No, ma ci siamo fidanzati da poco.» Mi mostra il suo enorme anello di diamanti. Wow, che ostentazione. Immagino che lui se la passi bene, anche se non è una sorpresa. Clare sta sposando un miliardario. Forse appartengono tutti allo stesso piccolo circolo.

«Congratulazioni.»

Clare spinge giocosamente Cali. «Non provare nemmeno a rubarmi la scena, ragazza. Ti farò salire lassù a ballare con quegli spogliarellisti.»

Scoppiano tutte a ridere. Clare è tutta chiacchiere e niente fatti. Era un'insegnante di asilo molto tempo fa. Ora, passa la maggior parte del suo tempo come tata di Amelia, la sua futura figliastra.

«Mi piacerebbe vederlo,» dice Ellie con un sorriso malizioso. «Forse potremmo salire tutte sul palco e ballare con quegli uomini mezzi nudi.»

«Sei solo chiacchiere.» Tali dà una gomitata alla sorella. «Ti pagherei un ballo privato se non sapessi che tanto andresti in panico.»

«Non so dove mettere le mani!» strilla Ellie. I suoi occhi sono spalancati. Sembra a malapena abbastanza grande per essere in un locale di spogliarello e bere un cocktail.

«Scuse, tutte scuse,» dice Tali.

«Ehi! Ho un'idea folle,» esclama Clare. «Che ne dite di andare al locale di spogliarello giù per la strada e sorprendere i ragazzi?»

«Mi sembra una pessima idea,» mormoro. «Vuoi davvero vedere il tuo fidanzato che fissa altre donne seminude?»

«Certo, mi siederò sulle sue ginocchia e gli farò un balletto mentre guarda un'altra ragazza sul palo,» dice Clare con malizia.

Paghiamo il conto e camminiamo per un paio di isolati fino al locale dove si trovano i ragazzi. Fuori fa freddo e ho i piedi intorpiditi per aver indossato i tacchi con queste temperature gelide, ma prendere un taxi per due isolati sembrava uno spreco. E la metropolitana è nella direzione opposta.

Entrando nel locale di spogliarelliste, mostriamo i nostri documenti e paghiamo l'ingresso. Veniamo scortate verso un ascensore e poi al piano principale. Il posto è buio, con poltrone di velluto rosso, e scarsamente illuminato. Ci vogliono alcuni secondi perché i miei occhi si abituino alla luce.

«Eccolo!» esclama Clare, individuando il suo fidanzato in un grande tavolo d'angolo con un gruppo di ragazzi. Clare praticamente si lancia su di lui, premendo le labbra sulle sue. È un bacio lungo, con tanto di lingua, e io distolgo lo sguardo, non volendo vedere i due che stanno per fare un figlio insieme.

Do un'occhiata al gentiluomo che lo accompagna e il mio sopracciglio si aggotta quando riconosco *Steamy Single Dad* seduto proprio accanto al fidanzato di Clare.

«Logan!» esclama Cali, scivolando accanto a lui, gettandogli le braccia al collo e stampandogli un bacio sulle labbra.

«Ecco perché hai smesso di scrivermi,» dico.

Ha la fronte corrugata, e giuro che non mi riconosce. Cali sembra una ragazza fantastica; dovrei dirle che quel perdente ha cercato di tradirla e incontrare altre donne. Non erano fidanzati?

Da quanto tempo stanno insieme?

«Sei un bugiardo traditore!» dico, puntando il dito contro *Steamy Single Dad*.

Dei passi si avvicinano da dietro. «Che succede?» chiede Weston.

Weston è amico di *Steamy Single Dad* e del fidanzato di Clare?

Quali erano le probabilità?

«Quest'uomo, *Steamy Single Dad*, ha flirtato con me su internet, mandandomi delle foto.»

«Ehi! Giuro che non sono mai stato su un'app di incontri.»

Cali si stacca da Logan, chiaramente confusa. «Di cosa stai parlando, Elisa?» chiede Cali.

Tiro fuori il mio telefono e apro l'app di incontri.

Weston interviene immediatamente, strappandomi il telefono dalle mani. «Sono sicuro che sia un errore.»

«Qual è il tuo problema?» lo fisso accigliata. «Ridammi il mio telefono, Wes.»

Lui tocca lo schermo e accidentalmente cancella l'app. «Ops!»

«Perché l'hai fatto?» Gli do un colpo sul braccio e strappo indietro il mio telefono. «Scaricherò di nuovo l'app.»

«Fammi vedere il tuo telefono, Logan.» Cali prende il telefono del suo fidanzato e scorre tra le sue app. «Non ha nessuna app di incontri scaricata.»

«Vedi,» dice *Steamy Single Dad*. «Mi dispiace, qualcuno ti ha fatto catfishing fingendosi me. Ma non ho toccato un'app di incontri da un'eternità. Ero sposato quando quella roba è diventata popolare e Cali è praticamente la prima ragazza che ho conosciuto da allora.»

«Chi diavolo...» Mi giro sui tacchi, fissando Weston. «Dimmi che non sei stato tu.»

«Voi due vi conoscete?» chiede Logan, fissando Weston.

«Lei lavora per me.»

Lascio uscire uno sbuffo. «È tutto qui.» Stringo il mio telefono e mi dirigo verso l'ascensore, premendo ripetutamente il pulsante, desiderando che la cabina appaia più velocemente.

«Ma che diavolo succede amico?» dice Logan, fissando Wes. «Ti sei davvero finto me per conquistare una ragazza?»

«Non è come sembra.»

Non lo nega e questa è la parte che fa più male.

Continuo a premere il pulsante per scendere, ma l'ascensore mi tradisce... come tutti gli altri. Finalmente, le porte suonano e Weston si affretta a seguirmi.

Non sono abbastanza fortunata perché le porte si chiudano su di lui.

«Lasciami spiegare,» dice Weston.

«Spiegare? Spiegare come ti sei finto qualcun altro? Caspita, non un qualsiasi sconosciuto, ma il tuo amico. Il tuo amico che, ci tengo ad aggiungere, è fidanzato!»

Giuro che tutti ci stanno fissando mentre finalmente le porte si chiudono e siamo soli nella privacy dell'ascensore più lento del mondo, che ci mette un'eternità a raggiungere il piano terra.

«Mi piaci e ho fatto un casino, Elisa.»

«Quale volta?» Lo fisso. «Quando siamo andati a letto insieme e hai voluto far finta che non fosse mai successo? O forse quando abbiamo avuto quell'appuntamento di merda e continuavi a guardare quella bionda e a fissare il telefono? Oh, non dimentichiamo l'ultimo episodio in cui ti sei finto un tizio che conosci.»

Non sono nemmeno sicura di come Weston e Logan si conoscano, e non mi interessa. Il punto è che mi ha mentito.

«Non pretendo di essere un santo. Non avrei dovuto...»

Lo interrompo, grata che l'ascensore si apra e io possa scappare. «Non mi interessa. Non importa. Non ti rivedrò mai più, Wes. È finita.»

«Viviamo nello stesso palazzo,» dice mentre mi segue fuori nell'aria invernale gelida. È ghiacciato e sembra che stia per nevicare. Il vento soffia forte, costringendomi a tenere stretta la gonna per evitare che si alzi. «Lascia che ti accompagni a casa.»

«Intendi dire, lascia che il tuo autista mi porti a casa. Tu dovresti rimanere, stare con i tuoi amici.»

Weston esala un profondo sospiro. Prende il telefono, manda un messaggio a Camden, che mi porta l'auto.

«Assicurati che arrivi a casa sana e salva,» dice Wes al suo autista.

Salgo sul sedile posteriore per sfuggire al freddo. Il veicolo è rimasto chiaramente spento, i sedili in pelle sono gelidi, ma è meglio che stare fuori o dover affrontare un altro minuto con Weston.

Andrò a casa, scriverò la mia lettera di dimissioni e la invierò non appena avrò finito.

Ho chiuso con Wes. Una volta per tutte.

TEN

Weston

CON RILUTTANZA, risalgo con l'ascensore verso la festa. Le ragazze sono piacevoli da guardare ma non riescono a distrarmi da Elisa. Lei occupa i miei pensieri da quando ho messo piede nel club.

Quello che non mi aspettavo era di uscire dal bagno e vederla con un gruppo di ragazze accanto a Levi, il festeggiato della serata.

Peggio ancora, è stato affrontare Elisa quando ha visto Logan. Non avrei mai pensato che i loro cammini si sarebbero incrociati, il che è assurdo.

Sapevo che Elisa sarebbe andata a un matrimonio sabato.

Anch'io ci andrò, ma non ho pensato nemmeno per un istante che potesse trattarsi dello stesso. Un sacco di persone si sposano nei fine settimana. I matrimoni ci sono per tutto l'anno, anche se probabilmente sono più frequenti in altri periodi.

Forse ero in uno stato di negazione, pensando di poter convincere Elisa a rivelarmi i suoi segreti più oscuri senza che lei scoprisse che ero io fin dall'inizio.

«Sei un bastardo,» dice Logan mentre torno al piano di sopra dopo aver aspettato che Elisa se ne andasse con il mio autista. Tornerà al club a prendermi quando la serata sarà finita.

«Così mi hanno detto.» Non lascio che le sue parole penetrino, facendomele scivolare addosso. Sono insignificanti.

«Non posso credere di lavorare per te,» dice Sloane.

«Non posso credere che tu sia qui,» mormoro, e trovo il mio posto vuoto accanto a Logan.

È furioso. «Non capisco, amico. Hai l'aspetto. Il fascino. Il carisma. Le ragazze fanno sempre a gara per attirare la tua attenzione. Perché diavolo fingere di essere me?»

Tutti mi stanno fissando, in attesa di una spiegazione. Non posso entrare nei dettagli, non senza ammettere che Elisa e io abbiamo dormito insieme.

Certo, l'account è nato come un piccolo divertimento, un'idea stupida che è andata fuori controllo nel momento in cui le cose si sono complicate tra noi. E ora le ho rese un milione di volte peggiori.

«Ho fatto un casino,» dico.

«Puoi scommetterci che hai fatto un casino,» dice la fidanzata di Logan.

«Cali, calmati.»

«No.» Si alza dalle sue ginocchia, facendo valere il suo punto. «Mi hai quasi fatto venire un infarto pensando che Logan mi stesse tradendo. Dovrei prenderti a schiaffi, ma se ti lascio un segno, le foto del matrimonio di domani sembreranno orribili.» È la prima volta che la incontro. Lui ha parlato di lei tutta la sera, di come gli piaccia provocarlo e posso capire come ciò possa accadere.

La ragazza è un po' una testa calda.

«Perché sei ancora qui?» Logan mi fissa.

«Ascolta, ho detto che mi dispiace.»

«In realtà no,» ribatte Cali. «Hai detto tutto tranne mi dispiace e scommetto che non ti sei scusato nemmeno con la ragazza che hai ingannato.»

«Weston, sei il benvenuto a restare qui e divertirti, goderti lo spettacolo,» dice Levi. È il suo addio al celibato, sono qui per sostenerlo in vista del suo grande giorno domani. «Ma sei un idiota se lasci le cose in sospeso con quella ragazza.»

«Elisa,» dice Clare, correggendolo.

La mia risposta è il silenzio.

Elisa non vorrà vedermi, e non la biasimo. L'ho tradita, me la sono bruciata fingendo di essere qualcun altro. Se fosse il contrario, non sono sicuro che sarei così indulgente.

Sorseggio la mia birra, ribollendo seduto al mio posto, rifiutandomi di alzare il culo.

«Non so cosa ci veda Elisa in te,» dice Sloane, prendendo posto accanto a me.

«Sì, neanch'io,» mormoro. Finisco la mia birra e ne ordino un'altra. Non credo di poter bere abbastanza per dimenticare il danno che ho fatto. Sono fortunato che Logan non mi abbia tirato un pugno o minacciato di seppellirmi vivo.

Non pago per nessun ballo privato. Guardo lo spettacolo, ma non avrei mai pensato di andare in uno strip club e sentirmi miserabile.

Tutto ciò a cui riesco a pensare è Elisa. Come l'ho ferita. Che non avrei dovuto mentirle. Come, durante il nostro appuntamento, ho distratto la cameriera nel tentativo di essere gentile, e lei ha dato fuoco ai capelli di Elisa.

Non c'è da meravigliarsi se Elisa è scappata via durante il nostro primo e unico appuntamento. Avrebbe dovuto farlo. Me lo meritavo.

Finisco la seconda birra, ne ordino una terza, e Logan viene da me, prendendo il posto di Sloane.

«Non ho bisogno di una predica,» dico prima che Logan possa rimproverarmi per quello che ho fatto.

«Ti ho già detto cosa penso, che dovresti essere con lei stasera invece che con noi,» dice Logan. Non nasconde i suoi pensieri agli amici. Dice le cose come stanno. Sono contento che siamo ancora amici anche se ho rovinato la mia vita. Almeno non ho rovinato la sua.

«Non penso voglia vedermi.»

Logan alza le spalle. «Hai ragione. Sarà furiosa. Mettiti nei suoi panni. L'hai ingannata. È una cosa di merda e non m'importa delle ragioni, qualunque cosa pensassi sarebbe successa, non poteva accadere. A meno che non intendessi essere uno stronzo con lei, ma non sarebbe da te, Weston. Di solito sei interessato a scoparti la prima ragazza carina che entra in un bar, ma tutta questa storia di fingere di essere qualcun altro, andare sulle app di incontri... cosa sta succedendo? Parlami.»

Esalo un pesante sospiro e chino la testa.

Non sono orgoglioso del mio comportamento.

«È per via di Wren?»

«Cosa?» Alzo lo sguardo, non capendo perché stia tirando in ballo mia sorella.

«Non dev'essere facile crescere tuo nipote. Tua sorella ti ha lasciato con una grande responsabilità.»

«È mio figlio,» dico. Legalmente, l'ho adottato dopo la morte di Wren. È diventato mio. Biologicamente è mio nipote, ma non l'ho mai considerato così nemmeno per un giorno.

«So che l'hai adottato, il padre è saprito. Ma è una grande responsabilità, diventare padre da un giorno all'altro. Specialmente quando non lo avevi programmato.»

«Tutti sapevamo che era una possibilità,» dico, alzando lo sguardo verso Logan.

Wren aveva lottato per tutta la vita con quel disturbo. Quando scoprimmo che era incinta, ci fu una difficile discussione su chi si sarebbe preso cura del bambino se le fosse successo qualcosa durante la gravidanza o dopo.

Giurai che sarei stato io quella persona.

Ero tutto ciò che aveva e ora sono tutto ciò che ha Tyler.

«Tyler e Wren non hanno niente a che fare con Elisa.»

«Ma io penso di sì,» dice Logan. «Hai tenuto il tuo cuore sotto chiave, temendo di amare qualcuno perché hai già perso una persona a te cara.»

«Wren era mia sorella,» gli ricordo. «È diverso.»

«Sì, ma è comunque una grande perdita e un grande cambiamento. Dimmi che mi sbaglio.»

«Ti sbagli,» dico.

«Allora perché stai allontanando Elisa? Perché mentirle? Perché non dirle semplicemente che ti piace?» Inclina la testa, fissandomi. «A meno che non ci sia già stato a letto e lei voglia di più. Ma in quel caso, non staresti giocando a fare finta di essere qualcun altro.»

Distolgo lo sguardo. È troppo vicino a scoprire cosa è successo.

«Ci sei andato a letto,» dice Logan, con un sorrisetto. Si appoggia allo schienale della sedia facendomi un cenno. «Non è stato bello?»

«È stato decente.» Non voglio avere questa conversazione con lui e discutere della mia vita sessuale.

«Decente non suona passionale.»

«È stato passionale, va bene.» Gli lancio un'occhiataccia. «Il sesso non era il problema.»

«Qual è allora? A parte il fatto che sei una testa di cazzo?»

«Mi piace, e a me non piace mai nessuno. Sai che non sono uno da relazioni. E anche se volessi, è una mia dipendente.»

«Quella è una scusa,» dice Logan, e beve un sorso di birra. «Puoi trovare una soluzione. Sei il proprietario dell'azienda. Ho ragione, no?»

«Non voglio che gli altri dipendenti pensino che riceva un trattamento preferenziale o che si diffondano voci su di lei.» Sto cercando di proteggere Elisa mantenendo una sana distanza.

«Ehi, Sloane!» dice Logan, e la richiama verso di noi per unirsi alla nostra conversazione.

Gemo. Perché Logan deve tormentarmi? «Se il mio amico Weston qui avesse una relazione con Elisa, tu parteciperesti ai pettegolezzi d'ufficio su questo?»

Lancio un'occhiataccia a Logan. «Non stiamo andando a letto. Non ascoltarlo. Si sta comportando da idiota.»

Sloane mi guarda dall'alto, poco convinta. «L'unico idiota che vedo stasera sei tu. Ed è ovvio che voi due avete avuto una storia a un certo punto. La tensione sessuale è passata dall'essere esplosiva tra voi due all'essere come una bomba esplosa, tanto che non riuscite nemmeno a guardarvi.»

«Non è vero.»

«No,» dice Sloane, «ma l'hai appena ammesso. Signor Grump, se vai a letto con le tue dipendenti, devi aspettarti che ci sia un po' di tensione.»

«Non vado a letto con le mie dipendenti,» ringhio.

«Solo con *una* dipendente,» dice Logan. «Vero?»

Mi nascondo il viso tra le mani. Questo interrogatorio è peggio che affrontare direttamente Elisa. Avrei dovuto tornare indietro con lei, cercare di riconciliarmi prima che fosse troppo tardi.

«Va tutto bene, la vedrai domani,» commenta Levi.

«Cosa?» Alzo lo sguardo verso di lui. Speravo che, al più presto, avrei dovuto affrontarla lunedì mattina, al lavoro. Anche se l'ho portata avanti e indietro in ufficio con me, non sono sicuro che sarà propensa a farsi dare un passaggio da me domattina.

«Al matrimonio. È una delle damigelle di Clare. Voi due camminerete insieme lungo la navata.»

«Uccidetemi subito,» mormoro.

«Qualcuno vuole qualcosa?» chiede Sloane, alzandosi per andare al bar.

«No, dovrei chiudere la serata.» Ho già rovinato completamente la mia vita. Se sono fortunato, posso provare a parlare con Elisa stasera, prima di doverla affrontare al matrimonio.

«Te ne vai?» chiede Sloane. Mi guarda dall'alto in basso, scontenta. «Per favore, dimmi che non stai andando a far visita a Elisa.»

Non posso prometterlo. Vive nella porta accanto alla mia, non è che devo fare una deviazione per vederla.

Ma prima devo andare a prendere Tyler, dato che è con la figlia di Logan. Lei sta badando ai bambini per la serata.

«Siamo appena arrivati,» dice Levi. «Rimetti il tuo stupido sedere a posto. Ti scuserai domani, quando sarai sobrio.»

«Cazzo,» grugnisco, e mi lascio ricadere sulla sedia.

«Io vado via,» dice Sloane, e la ignoro. Dà un abbraccio di saluto a Clare e si scambiano qualche parola prima che Sloane si diriga verso l'ascensore.

Tiro un sospiro di sollievo. Non voglio che qualsiasi cosa accada stasera mi si ritorca contro al lavoro. Non basta l'incidente con Elisa, ma frequentare i miei dipendenti in uno strip club non sembra saggio.

«Sono ancora arrabbiato con te,» dice Logan, fulminandomi con lo sguardo. Cali è rannicchiata sulle sue ginocchia, sorseggiando la birra che gli ha rubato, con un braccio possessivamente avvolto intorno al suo collo.

«Anch'io,» interviene Cali. «Posso aver appena conosciuto Elisa, ma sembra una ragazza dolce. Perché diavolo faresti una cosa come spacciarti per qualcun altro?»

«Non mi stavo spacciando per un altro,» borbotto, e mando giù l'ultimo sorso del mio drink. Mi alzo, ho bisogno di un altro giro e non aspetto che qualcuno venga al tavolo per servirci.

Non mi preoccupo di chiedere al resto del gruppo se

vogliono qualcosa. Mi avvicino a grandi passi al bancone e ordino un'altra birra.

Pago il conto e prendo il mio drink, ma non lo riporto al mio posto. Non merito di sedermi con loro dopo quello che ho fatto.

Chino la testa, senza divertirmi minimamente. Dovrei andare a casa, passare a prendere Tyler, e chiudere la serata. Domani sarà una lunga giornata.

Clare si avvicina a grandi passi, squadrandomi dalla testa ai piedi. «Non riesco a decidere se sei uno stronzo o solo un idiota.»

La fulmino con lo sguardo. «Ho capito, ho fatto un casino. Possiamo lasciar perdere?» Sono stanco di sentirmi ricordare che ho rovinato una cosa perfettamente buona, o qualunque cosa fosse quello che avevamo.

«No, ho mezza intenzione di escluderti dal corteo nuziale, ma sei il testimone di Levi, non il mio. Sei fortunato che lui ti stia perdonando, perché io non credo che lo meriti. Non senza un sacco di suppliche.»

«Debitamente annotato,» mormoro, sorseggiando la mia birra.

Fingo che non mi importi ciò che pensa Clare, ma lei è amica di Elisa. E amici o no, non sono cieco davanti agli errori che ho commesso.

«Hai intenzione di dirci perché l'hai fatto?» chiede Clare.

Bevo la mia birra, volendo terminare questa conversazione il più rapidamente possibile. «No.»

Clare incrocia le braccia sul petto. «Questa non è una risposta accettabile. E non c'è da stupirsi che ti chiami Signor Brontolone.»

Le ringhio contro. «È il mio cognome.»

«Sì, bti si addice,» ribatte Clare.

Finisco l'ultima goccia della mia birra. «Io vado a casa,» dico. Clare non mi ferma. Questa volta, Logan mi lascia andare, decidendo forse che non vale la pena trattenermi con loro. È preoccupato con Cali.

Mando un messaggio a Camden, informandolo che sto scendendo e sono pronto per un passaggio. Quando raggiungo l'ingresso, la sua auto è parcheggiata in doppia fila, con le luci di lampeggianti. Mi fa salire nel sedile posteriore, aprendomi la portiera.

«Grazie,» mormoro, salendo nel veicolo. La pelle è calda. Da quanto tempo è rimasto seduto qui ad aspettarmi?

«Andiamo a prendere suo figlio o torniamo a casa, signore?» chiede Camden.

«Passeremo a prendere Tyler sulla strada di casa.»

Mi appoggio allo schienale, guardando fuori dal finestrino. Fa freddo fuori, abbastanza da nevicare. Ci sono alcuni fiocchi di neve sparsi che scendono ondeggiando ma non abbastanza da ammucchiarsi o impedire una buona visuale.

Sto quasi per addormentarmi quando il veicolo si ferma, e Camden sbatte la portiera anteriore mentre viene ad aprirmi quella posteriore.

«Ci metterò solo qualche minuto,» dico, trattenendo uno sbadiglio mentre mi affretto dentro l'hotel e salgo in camera.

Probabilmente avrei dovuto lasciare Tyler in hotel e permettergli di passare la notte per un pigiama party. A quanto pare, la madre di Levi era disponibile ad aiutare Julianna con i bambini.

Tuttavia, devo ammettere che sono un po' iperprotettivo con mio figlio.

Dopo quello che è successo a Wren, non posso fare a meno di preoccuparmi. Non ho mai scoperto chi fosse il padre biologico di Tyler, mia sorella si rifiutò di dircelo quando era incinta, insistendo sul fatto che sarebbe stato meglio per tutti se lui non fosse coinvolto.

E non ci fu un "dopo" la sua gravidanza... È morta durante il parto.

————

Arrivo con Tyler alla seconda casa dei Luxenberg. Sembra strano che un miliardario celebri un matrimonio nel suo cortile, ma ha ettari di proprietà e alberi che si estendono per chilometri, offrendo una vista pittoresca.

Mi sarei aspettato che il matrimonio fosse in qualche luogo esotico e difficile da prenotare. Forse una destinazione calda, come il Sud Pacifico o i Caraibi, specialmente considerando che è pieno inverno a New York.

Sebbene la sede sia una delle sue molte case, non hanno risparmiato sulla spesa. Ci sono luci appese all'esterno, e anche se è ancora giorno immagino che sarà piuttosto bello stasera per le foto, mentre i festeggiamenti continueranno fino alle prime ore del mattino.

All'interno della casa ci sono numerosi tavoli lunghi in legno e sedie abbinate, una splendida sistemazione per la cena.

All'esterno c'è neve fresca, con sempreverdi che costeggiano la proprietà. Non c'è nessuno per chilometri e mentre la cerimonia si svolgerà all'aperto, insieme alle foto, la maggior parte dei festeggiamenti si terrà al chiuso.

Ancora non riesco a credere che Clare abbia voluto sposarsi all'aperto nella neve e che Levi l'abbia assecondata.

L'amore.

Fa fare cose pazze alle persone.

Sono felice per loro due, e devo ammettere che il fatto che sia un matrimonio non tradizionale mi rende più entusiasta di essere qui. Sono contento per Levi e Clare, ma il solo pensiero del matrimonio mi fa rivoltare lo stomaco. È definitivo. E se la persona che stai sposando si rivelasse completamente diversa da quella con cui hai vissuto e che hai frequentato?

Ho sentito storie dell'orrore da Levi sull'ex marito di Clare, di come hanno dovuto pagarlo per farlo andare via e lasciare in pace la loro famiglia.

Che tipo di mostro sceglie i soldi invece dell'amore? D'altra parte, erano già separati, e lui la stava perseguitando. Probabilmente c'erano stati diversi campanelli d'allarme, ma non è una conversazione in cui mi sono addentrato ulteriormente con Levi. E conosco appena Clare.

La prima volta che l'ho incontrata è stato con Elisa.

Il mondo è piccolo.

Tyler è stato invitato a far parte del corteo nuziale come portatore degli anelli. È assolutamente elegante nel suo piccolo smoking nero, con i capelli appena tagliati e tirati indietro con un po' di gel per tenerli in ordine.

Sta saltellando su e giù all'interno, vicino alla porta sul retro. Fuori fa freddo e gli ho detto di tenere il cappotto invernale sulle spalle fino al momento delle foto e della cerimonia.

«Papà, posso giocare nella neve?» chiede Tyler.

«Oggi no, campione.» Lo sollevo tra le mie braccia e lo faccio girare.

«Mettimi giù!» strilla ridendo. «Sono un bambino grande.»

«Va bene, va bene.» Non riesco a nascondere il sorriso sul mio viso. Tuttavia, svanisce quando alzo lo sguardo verso Elisa. Indossa un lungo abito nero, ma è riuscita bene a non mettere in ombra la sposa.

Ad ogni modo, è comunque splendida e radiosa.

Nel momento in cui i suoi occhi si posano su di me, distoglie lo sguardo e se ne va fuori, oltrepassandomi senza dire una parola. Sicuramente mi sta ignorando, ma potrebbe andare peggio. Elisa potrebbe fare una scenata e gettarmi dell'acqua in faccia, o qualche altra bevanda, per ricordarmi che è arrabbiata.

Almeno ha abbastanza buon senso da non rovinare il giorno del matrimonio di Levi e Clare.

«Papà, voglio giocare nella neve,» si lamenta Tyler. Si dimena fuori dal cappotto, lasciandolo cadere a terra prima di uscire all'aperto, i suoi piccoli piedi che affondano nella neve fresca, lasciando una scia dietro di sé.

Non è il primo ad andare nella neve, ma mio figlio ha scelto di ignorare il sentiero spalato in favore di neve fresca e spessa in cui tuffarsi. I suoi pantaloni si sono inzuppati insieme alle scarpe, e prima o poi avrà freddo. Ho portato un cambio di vestiti extra, ma non posso metterglieli prima che inizi il matrimonio.

«Tyler, torna subito dentro,» gli ringhio.

Lui avanza pesantemente nella neve, calciandola in ogni direzione prima di mostrarmi la lingua, sfidandomi a inseguirlo.

I terribili due anni non finiscono a due anni. Non so come farò quando il ragazzino sarà un adolescente, se questo è solo un assaggio dei problemi che dovrò sopportare.

Non sono l'uomo più paziente del mondo. Ci provo, ma crescere un figlio non faceva parte dei miei piani.

«No!» Tyler mi mostra la lingua in segno di sfida e corre nella direzione opposta.

Sul serio?

Sta correndo verso Elisa. Lei gli dà le spalle mentre osserva il paesaggio, assorbendone ogni dettaglio. È bellissima, la sua pelle diverse tonalità più scura della neve, ma si fonde comunque con lo stacco netto del suo abito scuro.

È un piacere per gli occhi, ma quando non lo è stata? I suoi capelli sono raccolti per la cerimonia e vorrei rimuovere le forcine e il fermaglio e guardare le sue ciocche scendere a cascata intorno alle sue spalle.

C'è qualcosa di incredibilmente sexy nel vederla rilassarsi, come se stesse rivelando un segreto e mostrando una parte di sé, destinata solo ai miei occhi e alle mie orecchie.

Perché non riesco quasi a smettere di pensare a lei? Invade i miei sogni di notte e i miei pensieri durante il giorno. Mi ruba il respiro, l'anima e il cuore con un solo sguardo bramoso.

Oso dire che mi sto innamorando di lei? Non era qualcosa che facesse parte dei miei piani. Avrebbe dovuto essere solo la mia dipendente, una ragazza che gestiva i miei appuntamenti e mi portava il caffè.

Quando diavolo è cambiato tutto questo?

È stato quando ha guardato mio figlio dopo che la sua tata ha avuto un attacco di cuore?

Potrebbe essere stata la notte in cui eravamo aggrovigliati insieme tra le lenzuola nel mio letto. Sento ancora il suo profumo nella mia stanza quando sto per addormentarmi.

Sono malato. È una dipendenza da cui non riesco a liberarmi, la desidero come ho bisogno dell'aria per riempirmi i polmoni e respirare. Lei è la cura per la mia anima affamata.

Tyler si schianta dritto contro Elisa, come un giocatore di football che cerca di placcarla.

ELEVEN

Elisa

L'ARIA È FREDDA, mentre sono fuori con la neve sotto le scarpe. In lontananza, sento Weston che chiama suo figlio, ma li ignoro, lasciando che la sua voce si perda nel vento.

Vengo colpita alle spalle da una piccola forza che mi fa cadere in avanti nella neve fredda e ghiacciata. Le mie mani scattano davanti a me per attutire la caduta mentre vengo scaraventata nell'umida coltre bianca sotto di me.

Le risatine di Tyler mi arrivano da dietro mentre mi afferra le gambe, tenendomi bloccata a terra.

Dove diavolo ha imparato a fare questo?

Weston grugnisce e si fa strada a fatica nella neve, prendendo suo figlio e allontanandolo da me. «Tyler, basta così!» lo rimprovera. «Che cosa abbiamo detto? Devi stare attento.»

Rido sottovoce e Wes mi offre una mano per aiutarmi ad alzarmi.

«Grazie,» dico, prendendo la sua mano mentre lui tiene Tyler appeso sul fianco. Il bambino è fradicio per la neve e lo sono anch'io.

Mi pulisco i residui di neve dal vestito. Fuori faceva già freddo, ma ora sono gelida.

«Dai, entriamo tutti a scaldarci,» dice Weston. La sua mano si posa sulla parte bassa della mia schiena mentre mi dirigo verso il sentiero libero e corro verso il camino per scaldarmi.

Mi stringo le braccia intorno; la stanza è piuttosto calda con il riscaldamento al massimo e il fuoco scoppiettante che offre un comfort extra. Mi metto davanti al fuoco e Tyler si unisce a me. Trema da capo a piedi e Wes emette un profondo sospiro.

Suppongo che non sia il momento di chiedergli se ha ricevuto la mia e-mail, la lettera di dimissioni che ho inviato ieri sera.

Non ricordo ogni parola che ho scritto, e spero non fosse imbarazzante, perché ero un po' più che brilla dopo la festa. Ma non sono io quella che deve vergognarsi delle proprie azioni.

Weston è quello che fingeva di essere qualcun altro online.

Perché mai farmi una cosa del genere?

Pensava fosse divertente, cercare di ingannarmi?

Pensa che non riesca a trovarmi un appuntamento?

«Tyler, cosa devi dire a Elisa?»

«Mi dispiace,» dice, guardandomi con i suoi occhi vivaci. «Mi perdoni?»

«Forse dovresti prendere esempio da lui,» dico, lanciando un'occhiata a Weston. Sposto i piedi, grata di aver optato per gli stivali neri foderati di pelliccia invece dei tacchi con il vestito. Almeno le mie dita dei piedi sono calde, è l'unica parte di me che si sente a suo agio in questo momento.

«Ho capito, ho fatto un casino,» dice Wes, osservando suo figlio.

«Hai fatto un casino colossale,» sottolineo. Questo non è un piccolo errore che può essere risolto con un cerotto e delle scuse. «Cosa ti è passato per la testa?» Alzo la mano, decidendo che non voglio sentire la sua stupida scusa.

«Mi dispiace,» dice Weston.

«Non basta, Wes. Quello che hai fatto è ingiustificabile. Non posso... non posso più lavorare con te.»

«Cosa?» La sua fronte si corruga e la mascella si tende. «Cosa intendi dire che non puoi lavorare con me, Elisa?»

Merda.

Non ha ricevuto l'e-mail che ho inviato con le mie dimissioni allegate? L'ho mandata ieri sera, no?

Era ben dopo le due del mattino quando avevo finito di scrivere la lettera e avevo premuto invio.

«Le mie dimissioni,» dico, e mi schiarisco la gola, cercando di trovare il coraggio per dirgli in faccia che è un idiota. Ma suo figlio di tre anni sta guardando suo padre, con gli occhi pieni di ammirazione, come se Weston fosse il suo supereroe.

«Non puoi dimetterti,» dice Weston.

«Ti ho già inviato il mio preavviso via e-mail. Non l'hai ricevuto?»

«Non ho controllato il telefono. Ci siamo alzati questa mattina e abbiamo iniziato a prepararci per il matrimonio. È stata una giornata intensa,» dice.

Si passa le dita tra i folti capelli scuri e si morde il labbro inferiore, il suo sguardo vacilla. «Non accetto le tue dimissioni.»

«Non le hai nemmeno lette.»

«Beh, fingi che le abbia lette. Non le accetto comunque,» dice Wes.

Il rumore nella stanza diventa più forte mentre si riempie di ospiti che si preparano per l'inizio del matrimonio.

«Sei sempre così testardo?» chiedo, avvicinandomi, arrivando faccia a faccia con lui.

Il suo respiro caldo mi colpisce la guancia, e lui si

avvicina ancora di più, con lo sguardo sulle mie labbra. Giurerei che sta per baciarmi.

Trattengo il respiro bruscamente. Farei un passo indietro, ma non c'è spazio. Siamo intrappolati tra il camino e la folla di partecipanti che si raduna nel grande spazio prima di uscire al freddo per prendere posto per la breve cerimonia.

«Solo quando si tratta di ottenere esattamente ciò che voglio,» dice.

«Che sarebbe?» chiedo, guardandolo dal basso.

«Tu.»

Non gli credo.

Non mi vuole. Se mi volesse, non starebbe facendo questi giochini, fingendo di essere qualcun altro online. Che diavolo c'è che non va in lui? Sono intrappolata.

Il trambusto cresce più forte e vivace mentre Levi fischia e attira l'attenzione di tutti. La folla si calma momentaneamente mentre lui dà ordini affinché tutti, tranne il corteo nuziale, portino i loro sederi fuori perché la cerimonia di matrimonio sta per iniziare.

La folla si disperde e io fuggo appena ne ho occasione, prima che Weston possa girarsi e rendersi conto che sono sparita.

Inoltre, sono una delle damigelle di Clare. Ci si aspetta che io sia lì e cammini lungo la navata. Mi affretto di sopra, dove le ragazze si stanno preparando. Clare è già nel suo abito nero, con un enorme sorriso sul viso. È stupenda, radiosa, e il sorriso sul suo volto illumina la stanza.

«Facciamolo!» strilla Clare, e usciamo con Cali che controlla che i ragazzi siano pronti e gli ospiti seduti.

Ignoro il freddo, nonostante mi manchi già il caminetto, e scendo le scale davanti alla sposa. Scendo, seguendo Ellie, quando il mio sguardo cade su Weston.

«Vai a sederti,» lo rimprovero. «Il matrimonio sta per iniziare.»

«Lo so. Ti accompagno io lungo la navata.»

«Cazzo,» mormoro, incapace di contenermi. Weston mi fulmina con lo sguardo, coprendo immediatamente le orecchie di Tyler per evitare che ci senta.

«Papà,» brontola Tyler, e si divincola dalla sua presa.

«È quasi ora. Altri due minuti,» dice lui.

Siamo tutti ammassati vicino alla porta, desiderosi di guardare mentre cerchiamo comunque di mantenere una parvenza di ordine.

Weston prende la mano di Tyler e osserva dalla porta aperta, aspettando che la musica inizi. Le damigelle dei fiori vanno per prime, iniziando con Amelia, la figlia di Levi. Sparge petali di rose nere lungo il terreno coperto di neve compatta mentre passeggia con grazia lungo la navata.

«Sei il prossimo. Ricordi cosa abbiamo detto?» Weston porge a Tyler un piccolo cuscino nero con un anello legato da un nastro rosso scuro.

Devo ammettere che sono rimasta sorpresa quando ho scoperto che il colore del suo matrimonio sarebbe stato il nero, con un accenno di rosso qua e là. Ma lei è già stata sposata una volta, e ha fatto il matrimonio in bianco con tutte le varie superstizioni, ma non è andata bene.

Sono felice per loro ma, allo stesso tempo, un po' gelosa. Non del tipo invidioso. È più come se volessi questo anche per me stessa.

Ma ora, con il mio burbero ex-capo ed ex-qualsiasi cosa fosse ciò che abbiamo condiviso, capisco che passare notte selvaggia insieme è stato chiaramente un errore.

Sapere cosa è meglio e *fare* meglio non sono la stessa cosa. Sapevo che non avrei dovuto andarci a letto, ma lo volevo e dannazione, ed è stato bollente.

E il modo in cui si comporta con suo figlio, mi fa semplicemente venire le farfalle nello stomaco.

Non voglio perdonare Weston. Quello che mi ha fatto dovrebbe essere imperdonabile. Mi ha fatto catfishing.

Perché l'ha fatto?

Era un gioco per lui?

Il mio stomaco si agita al solo pensiero delle conversazioni a tarda notte che ho condiviso con lui, e come in realtà pensavo che fosse un bravo ragazzo.

Questa è tutta colpa mia.

Tyler si ferma lungo la navata e si gira, guardando indietro verso suo padre.

Weston gli fa cenno di girarsi e continuare a camminare.

Dall'ingresso, mi sembra proprio un momento carino, e mi sento come se stessi origliando i due sposini.

Il corteo continua con noi due, e io trattengo il respiro e la mia avversione per Weston mentre lui mi offre il braccio.

Forzo un sorriso, ma vorrei pestargli il piede e pretendere che tolga le mani da me.

La musica continua, e usciamo nell'aria fredda dell'inverno. È stupendo e gelido allo stesso tempo. Sto facendo del mio meglio per non tremare, il che è un compito impossibile, anche con le lampade riscaldanti posizionate lungo tutto il vialetto e davanti e dietro gli sposi.

La pelle d'oca mi copre le braccia. Il vestito che indosso è carino ma per niente adatto per le feste all'aperto.

Per fortuna, la cerimonia è veloce, e sono grata quando si scambiano i voti, gli anelli, un bacio appassionato, e siamo tutti ricondotti dentro al caldo della baita.

Mi faccio strada verso l'interno, facendo del mio meglio per evitare Weston. Non che importi. Suo figlio sembra trovarmi subito e mi saluta con un ampio sorriso prima di precipitarsi verso di me attraverso la folla.

«Tyler!» grida Weston sopra la musica e il forte chiacchiericcio. È come se stesse schivando il traffico, cercando di farsi strada verso di me mentre Tyler ha il vantaggio, sgusciando tra le gambe delle persone e facendosi largo senza rallentare per un secondo.

Mi chino, questa volta consapevole che si sta dirigendo direttamente verso di me. «Ehi, Tyler,» dico, e apro le braccia perché lui si precipiti contro di me invece di farmi cadere due volte in un giorno.

Almeno questa volta siamo entrambi asciutti dalla neve.

È una cascata di risatine, e i suoi occhi sono spalancati mentre mi getta le braccia al collo e mi pianta un bacio sulla guancia.

Lo prendo tra le mie braccia proprio mentre Weston raggiunge suo figlio.

«Tyler, non dovresti allontanarti da me,» dice Weston.

Tyler tira fuori la lingua, incurante di ascoltare suo padre.

Le porte che prima erano aperte, permettendo a una fredda folata di vento di entrare, ora sono chiuse. «Non è molto gentile,» dico, guardando Tyler. Lui nasconde le braccia contro il mio petto e appoggia la testa sulla mia spalla.

«Dai, lascia che lo prenda io,» dice Weston.

Tyler si aggrappa più forte al mio collo, e non credo che il bambino abbia intenzione di lasciarmi andare tanto presto.

«Va bene così, non mi dispiace,» dico, accarezzandogli la schiena.

Weston mi sta fissando, e non riesco a capire cosa diavolo gli stia passando per la mente.

«Sei brava con lui,» dice.

Mi sta davvero facendo un complimento? Dopo quello che è successo ieri sera, voglio solo stare lontana da lui. Ma questo sembra essere l'esatto contrario di ciò che sta accadendo adesso.

Esalo un respiro pesante. «Grazie.»

Weston si sporge in avanti, spostandomi una ciocca di capelli dagli occhi e mettendola dietro l'orecchio. «Mi dispiace davvero per ieri sera.»

Non capisce proprio? «Ti dispiace che l'abbia scoperto?» chiedo. «Perché hai finto di essere qualcun altro molto prima di ieri sera.»

Tyler si muove contro di me e si tira indietro. Deve percepire che sono furiosa, e si dimena per uscire dalle mie braccia. Lo metto giù sul pavimento, e Wes lo prende in braccio prima che possa lanciarsi addosso a qualcun altro.

«Potrebbe diventare un giocatore di football,» dico, offrendo un sorriso ironico. Sto cercando di cambiare argomento, e dato che non sembra possibile sfuggire a Weston, tanto vale parlare di qualcosa che piace a entrambi: suo figlio.

Sto cercando di essere civile ed educata. Non voglio rovinare il giorno del matrimonio di Clare per qualcosa che è successo tra me e Weston.

Non avrei mai dovuto spingermi così lontano, andando a letto con lui... il mio capo. È stato un errore.

«Questo non accadrà mai,» dice Weston.

«Oh. Preoccupato per le commozioni cerebrali?» chiedo. Un'ombra scura offusca il suo sguardo, e lui sussulta. Lo stomaco mi si rivolta, ricordando la condizione del bambino. Mi mordo il labbro inferiore per evitare di dire qualcos'altro di insensibile.

«Sono preoccupato per...» Scuote la testa. «Lascia stare, dimenticalo.» Porta via Tyler, come se avessi detto qualcosa per offenderlo.

Sono io che dovrei essere arrabbiata con lui per quello che ha fatto. Lui ha fatto catfishing a me, non il contrario!

Si allontana a grandi passi attraversando la stanza verso i suoi amici, e sono sorpresa che Logan non sembri minimamente arrabbiato con lui.

Ha perdonato Weston?

«Elisa!» esclama Cali, e mi mette un braccio attorno. Ci siamo conosciute la sera precedente, ma a quanto pare, adesso siamo migliori amiche.

«Ehi,» dico, e forzo un sorriso. «Ti stai divertendo?» Ha un bicchiere di vino in una mano e un bambino sul fianco. Ha i capelli della madre e decisamente gli occhi di suo padre.

Non sapevo che avesse figli.

Tutti gli amici di Weston sono genitori?

«Sì, Clare e Levi hanno una casa bellissima,» dico, assorbendo l'atmosfera.

«Come vanno le cose tra te e Weston?» chiede Cali, andando dritta al punto. «Voglio dire, è stata una vera stronzata quella del profilo online.»

Guardo da Cali a suo figlio, sorpresa dal suo linguaggio. «Complicate,» dico, come se questo riassumesse tutto ciò che è successo.

«Sembri annoiata. Vieni a stare con me e le ragazze,» dice Cali, insistendo che la segua. Ellie e Tali sono in piedi accanto a Logan, intente a parlare con Weston e un'altra ragazza che è decisamente un'adolescente.

Il mio stomaco torna a essere pieno di farfalle quando mi unisco a loro, e il mio sguardo si posa su Logan. È strano aver pensato di conversare con lui quando, in realtà, era stato Weston per tutto il tempo.

«Elisa!» strilla Tyler, e mi tende le braccia ancora una volta, come se non lo stessi tenendo e coccolando fino a cinque minuti fa.

«Credo che tu abbia avuto abbastanza tempo con Elisa per un po', piccolo,» dice Weston.

«Non fa niente,» dico, offrendomi di prendere Tyler per qualche minuto in più. È una distrazione da ieri sera, dalle bugie, da tutto ciò che mi mette a disagio. Preferirei nascondermi e non essere minimamente socievole, ma non è per questo che sono qui. È il giorno del matrimonio di Clare.

E dato che Weston non se ne va, devo trovare un modo per affrontarlo.

Tyler mi getta le braccia al collo ancora una volta e mi riempie la guancia di baci.

«Giuro che se non sapessi che è impossibile, direi che ha una cotta per Elisa,» dice Cali.

La stanza è improvvisamente più calda. «Tale padre, tale figlio» dico, mordendomi il labbro inferiore.

Tyler mi dà un abbraccio enorme, e io gli scompiglio i capelli, guardandolo mentre mi fa l'occhiolino. Il bambino è assolutamente adorabile.

«Papà, devo fare pipì» interrompe Tyler, e io lo restituisco a Weston perché lo porti in bagno.

Weston e Tyler si affrettano attraverso la folla, e io tiro un sospiro di sollievo.

«È un po' carino come entrambi abbiano una cotta per te» dice Cali.

«Sì, ma Weston non è il padre biologico di Tyler» dice Logan a Cali. «Ti ho raccontato quella storia, vero?»

«Cosa?» Questo mi coglie di sorpresa. «Non lo è?»

«Tyler è suo nipote. Sua sorella è morta durante il parto. Lascio che sia Weston a raccontarti il resto, ma è un po' iperprotettivo date le circostanze della sua morte.»

Il mio stomaco sprofonda. Non ha mai accennato di essere lo zio di Tyler o di cosa sia successo a sua sorella.

«Iperprotettivo?»

«Non sta a me dirlo, ma sono contento che tu stia parlando con lui» dice Logan. «Conosco Weston da quando abbiamo servito insieme nell'esercito, e anche se è stato un po' stupido a tenerti sulla corda con quella app, gli piaci. Penso che il fatto che lavoriate insieme complichi solo le cose.»

Non c'è dubbio. Espiro profondamente. «Sì, questo non ha più importanza. Ho già presentato le mie dimissioni» dico.

«Davvero?» dice Cali, con gli occhi spalancati. Il bambino tra le sue braccia si stringe contro il suo petto, nascondendosi. «Come l'ha presa Weston?»

«È in fase di negazione» dico.

«Hai un altro lavoro in vista?» chiede Cali. «È per questo che te ne vai, giusto?» Mi fissa intensamente, e io mi sposto a disagio sui piedi.

Non voglio mentirle. «Semplicemente, non è una buona combinazione, lavorare per il Signor Brontolone» dico.

Un sorriso ironico si diffonde sul suo volto. «Signor Brontolone. Descrive Weston fin troppo bene.»

Cali colpisce Logan alla spalla. «Come se tu non fossi stato un brontolone quando ci siamo conosciuti.»

Lui ride e la guarda in modo giocoso. «Io? Tu eri quella che spaventava tutti i clienti del negozio nel mio resort con i tuoi sfoghi su quanto fossero alti i prezzi.»

«Non mi sbagliavo. Non mi sbaglio mai» Cali lo fissa.

Mi sposto a disagio. I due sembrano emanare vapore, ma non nel modo arrabbiato, del tipo "voglio andarmene". Giuro che la passione quei due emano deve essere la stessa responsabile di quel piccolo fagotto tra le braccia di Cali.

Faccio un passo indietro, il calore tra loro è troppo per me in questo momento. Mi dirigo verso il bar, prendendo un Amaretto Stone Sour, desiderando di poter scomparire per il resto dei festeggiamenti.

Afferro il mio drink, ne bevo un sorso e sbatto contro Weston.

«Dov'è Tyler?» chiedo, prendendo un sorso del mio drink. Sono sorpresa che Weston non gli stia correndo dietro.

«L'ho lasciato con Julianna.»

«È la figlia di Cali, giusto?» chiedo.

«La figlia di Logan, Cali è la fidanzata-matrigna.» La sua fronte è corrugata, come se stesse cercando di capire il rapporto. «Cosa stai bevendo?» chiede, accennando al mio drink.

«Amaretto Stone Sour.»

«Femminile.»

«Beh, sono una donna.» Mi sposto sui piedi; il suo sguardo è travolgente. Non posso continuare così con lui. «Sono seria riguardo alle dimissioni, Wes.»

Dura solo un secondo prima che gli occhi di Weston si allarghino.

«Cosa?»

Mi ha sentito.

Probabilmente non gli è piaciuto ciò che ha sentito, ma ha captato ogni parola.

Resto in silenzio. Perché non prende semplicemente il telefono per leggere la mia lettera di dimissioni? È chiedere troppo?

«Perché?» Ci riprova, dato che non gli rispondo abbastanza rapidamente.

«Non lavoriamo bene insieme.»

«È una stronzata, e lo sai.» Il suo sguardo si fa più intenso, e fa un passo avanti, invadendo il mio spazio personale. Il suo respiro è caldo. Il suo profumo maschile è travolgente mentre mi solletica il naso. È un mix di ginepro, spezie e sempreverde. Come se si fosse immerso in una foresta coperta di neve.

«So che non avrei dovuto andare a letto con te.» Rifiuto di abbassare lo sguardo. «E tu non avresti dovuto ingannarmi.»

Emette un profondo sospiro, ma non si tira indietro. «Hai ragione. Sono stato un idiota. Volevo sapere cosa ti passasse per la testa dopo quella notte insieme. Sei stata distante e ti sei allontanata da me e dato che lavoriamo insieme...»

«Hai pensato che fingere di essere qualcun altro, uno sconosciuto, ci avrebbe avvicinato?» Vorrei dargli una sberla. Gli getterei il mio drink in faccia se non fosse così maledettamente buono.

«Mi dispiace.»

«Scuse non accettate.»

TWELVE

Weston

NON PUÒ SERIAMENTE DIMETTERSI. Tutto a causa mia? Capisco che sia arrabbiata con me per averla ingannata. È stato un comportamento da stronzo, persino per me.

Ma non può dimettersi.

«Non accetto le tue dimissioni.»

«Non spetta a te decidere. Non puoi costringermi a lavorare per te.»

«Nessuno sta costringendo nessuno a fare niente,» le ringhio.

Perché diavolo questa donna deve farmi innervosire così tanto?

Lei mi fissa, sorseggiando la sua bevanda dolce, senza mai distogliere lo sguardo. «Bene.»

«Non avremmo mai dovuto andare a letto insieme,» mormoro. Non importa quanto sia stato bello, quanto sia sembrato giusto, questo disastro di proporzioni epiche è interamente colpa mia. Avrei dovuto tenere il cazzo nei pantaloni.

«Davvero?» borbotta, e beve un altro sorso. Le prendo il bicchiere dalle mani, buttando giù tutto d'un fiato, ingoiando fino all'ultima goccia. «Ma che diavolo?» Mi colpisce il braccio e il suo naso si contrae. Penso che potrebbe davvero perdere il controllo, e non la biasimerei.

Mi merito la sua ira.

Sbatto il bicchiere su un tavolo vicino, le mie braccia abbastanza lunghe da raggiungerlo senza dovermi allontanare minimamente da Elisa. «Prenditi il tuo drink,» dice, lanciandomi un'occhiataccia e tirandomi un calcio contro lo stinco.

Cazzo!

Faccio una smorfia e, senza pensare, la spingo contro il muro, inchiodandola contro le travi di legno.

Involontariamente, rabbrividisce. Immagino sia per la superficie fredda e non abbia niente a che fare con me premuto stretto contro di lei.

«Sei uno stronzo.» Mi fissa.

«Non ho mai preteso di essere gentile o delicato.» Non è da me.

«Di certo non sei un gentiluomo,» sibila. Se le persone potessero prendere fuoco spontaneamente, la quantità di calore e rabbia che sta emanando sarebbe sufficiente per bruciarmi fisicamente.

«Non ho mai preteso di esserlo,» ringhio, e catturano le sue labbra con le mie, concludendo la nostra discussione con un bacio infuocato.

Mi morde il labbro inferiore, ma non mi tiro indietro. Le mie mani avvolgono saldamente la sua vita, tirandola più vicino e premendola contro di me. Voglio che senta cosa mi fa.

Lei sussulta, e io lo prendo come un'opportunità per spingere la mia lingua nella sua bocca. La rabbia si dissolve lentamente all'inizio, come ghiaccio che viene scalpellato via. Il bacio si approfondisce mentre lei soccombe ai suoi desideri.

Quando smette di combattermi, le sue dita afferrano il mio braccio, affondando nella mia carne, marchiandomi con le unghie. Mi tira più vicino, avvolgendomi con le braccia, e sento la dolce armonia del suo gemito nascosto in fondo alla gola.

Dovrei ritrarmi, darci spazio, o almeno trovare un ripostiglio dove poterci appartare, ma non riesco a smettere di baciarla. E lei deve star provando lo stesso.

La sua lingua scivola nella mia bocca, prendendo con avidità ciò che vuole, facendo crescere ancora di più il mio desiderio per lei. Ogni assaggio, tocco e gemito rende il mio cazzo più duro. Ha idea del potere che ha su di me?

Non ho intenzione di dirglielo, mai. È un segreto che morirà con me, e spero non troppo presto.

Qualcuno si schiarisce la gola, e vorrei dirgli di andare a farsi fottere, ma siamo a un matrimonio, e non credo che questo sia ciò che Levi intendeva quando ha detto che voleva che i suoi ospiti si godessero il ricevimento nella sua baita.

«Che c'è?» ringhio criminale che sta interrompendo il mio bel momento con Elisa. Mi allontano con riluttanza dalla piccante ragazza dai capelli corvini. Le sue guance sono arrossate e il suo petto si alza e si abbassa con respiri leggeri mentre cerca di riprendere fiato.

Levi mi fissa, con un braccio avvolto intorno alla vita della sua nuova sposa. «Devo ammettere che pensavo saremmo stati noi ad appartarci durante il nostro matrimonio.»

Clare lo colpisce al fianco con il gomito. «Non ho intenzione di giocare a duellare con le lingue davanti alla nostra famiglia e ai bambini.»

«Bambini?» ripete Elisa, battendo lentamente le palpebre.

Levi ha una figlia, Amelia.

Clare si morde il labbro inferiore e distoglie lo sguardo. «Ci sono molti bambini qui che non hanno bisogno di imparare cosa sia il sesso da noi. O da voi due.»

«Bella salvata, *Ragazza dell'Aereo*.»

Clare lo colpisce una seconda volta nelle costole. «Attento, *Ladro di Mutandine*,» ribatte.

«Ladro di mutandine?» Fisso Levi. «Questa è una storia che non ho sentito.» Ci deve essere qualche tipo di spiegazione per come si è guadagnato quel soprannome. Ma voglio davvero saperlo? Tormentarlo dovrebbe essere un piacere sufficiente.

«E non la sentirai» dice Levi, interrompendomi. «Sono felice di vedere che voi due andate d'accordo, ma non diamo agli ospiti uno spettacolo vietato ai minori.»

«Ci stavamo solo baciando» balbetta Elisa, come se non ci avessero appena sorpresi a pomiciare.

«Sì, che porta a...» Clare appoggia una mano sul suo addome.

«Aspetta? Sei incinta?» Elisa sussulta e si porta la mano alle labbra.

«Shh.» Clare le fa cenno di abbassare la voce. «Non l'abbiamo ancora detto a nessuno.»

«Congratulazioni a entrambi voi» dico, volendo esprimere lo stesso sentimento, ma l'idea di avere un figlio onestamente mi terrorizza. Ho già mio nipote da dover crescere e il pensiero di due bambini... non so come Levi e Clare se la caveranno. Anche se immagino che Amelia sia qualche anno più grande di Tyler e non abbia i problemi di salute che deve affrontare lui.

Levi stringe Clare a sé. «Dovremmo fare il giro degli ospiti» dice. «E poi farti sedere e portarti qualcosa da mangiare.»

«Sono incinta, non fragile» mormora Clare. Ci regala un sorriso a entrambi prima che lui la conduca verso altri ospiti.

«Possiamo parlare?» chiede Elisa, guardandomi con occhi luminosi e spalancati.

Faccio un sospiro secco. «Sì, probabilmente è una buona idea.» Per quanto voglia tornare a fare ciò che stavamo facendo, non risolverebbe nulla.

Non voglio che si licenzi per quello che è successo tra noi. Preferirei che non si licenziasse affatto, ma non posso costringerla a lavorare con me, e se continuassimo invece a farlo, allora non possiamo andare a letto l'uno con l'altra.

Non che sia successo molto in quel senso.

È stata una volta sola.

E con tanta facilità posso ricordare cosa si provi ad essere dentro di lei. Il mio cazzo si contrae al ricordo.

Fuori sta nevicando, una leggera spolverata, e fa un freddo pungente. Invece di optare per l'esterno, la conduco su per la scala di servizio e trovo una stanza tranquilla dove poter parlare.

Senza dire una parola, lei mi segue.

Apro la porta, accendo la luce e le faccio cenno di entrare. I suoi tacchi risuonano sul pavimento di legno mentre entra nella stanza. È chiaramente la camera da letto di Amelia, con un baldacchino da principessa sopra il letto e tende viola luccicanti.

Elisa si morde il labbro inferiore e incrocia le braccia sul petto. «Quel bacio di sotto... non dovremmo... non possiamo, Weston.»

«Perché?» chiedo, inchiodandola con lo sguardo. «Ti sei già licenziata. Non sono più il tuo capo.» Se quella è la ragione, non le permetterò di usarla come scusa. Mi avvicino, invadendo il suo spazio personale.

«È più di questo» dice Elisa, guardandomi. «Sei stato uno stronzo con me, Weston.»

«E mi dispiace» dico. «Non avrei dovuto fingere di essere qualcun altro online. È stato un comportamento da stronzo.»

«Sì, lo è stato» dice Elisa, e vedo la sua determinazione sgretolarsi lentamente. Come se il muro che ha costruito intorno a sé stesse crollando.

Muove i piedi e io mi avvicino. «Dimmi il vero motivo per cui ti stai licenziando.»

Lei sbuffa leggermente, lo sguardo rivolto verso il basso, riluttante a incontrare il mio. «Elisa?» Voglio che mi risponda.

«Pensi davvero che potrei tornare in ufficio?» La sua lingua fa capolino, sporgendosi di lato mentre emette un pesante sospiro. «Ti sto dando spazio. È quello di cui abbiamo bisogno. Forse se non fossimo vicini di casa...»

«Non lo saremo ancora per molto.»

«Cosa?» Questo cattura la sua attenzione, e alza lo sguardo verso di me.

«Non ti dà fastidio che lavoriamo insieme, solo che viviamo uno accanto all'altra?» Sono un po' perplesso dalla sua logica.

«Non è questo. Non ti sei appena trasferito?»

«Era una sistemazione temporanea. La mia casa era in ristrutturazione, dato che hanno trovato amianto nel rivestimento esterno e nel tetto e, in più, vernice al piombo nelle rifiniture originali.»

«Vuoi dire che non vivi in un palazzo? Certo che no. Sei un miliardario. Potresti possedere l'intero edificio.» La risposta la mormora più a sé stessa che a me. La ignoro, ben consapevole di quanto guadagni io e del mio patrimonio.

«Molto presto dovrò trasferirmi. La sistemazione non era pensata per essere permanente.»

«Ma saresti ancora il mio capo se restassi a lavorare con te.» Si morde il labbro inferiore.

«Sì, è quello che sto suggerendo.»

Lei chiude momentaneamente gli occhi. «Sei frustrante. Ti rendi conto di quanto mi fai impazzire? E cosa stava dicendo Logan di sotto sul fatto che Tyler è tuo nipote?»

«Te l'ha detto lui?» Non posso fare a meno di sentire la rabbia attraversarmi come un fulmine. «Non ne aveva il diritto!»

«Non sparare al messaggero,» dice lei, accigliata. Mi sta fronteggiando faccia a faccia e rifiuta di indietreggiare.

«Non spettava a lui parlare di ciò che è successo con mia sorella o Tyler.»

La sua mano si allunga, sfiorandomi delicatamente il braccio. «Non mi ha detto nulla di tua sorella. Solo che puoi essere un po' iperprotettivo.»

«Non ho altra scelta,» sbotto. «Qualcuno deve occuparsi di Tyler. È troppo piccolo per capire la sua condizione. Non ti ho mai detto che Wren è sua madre perché non volevo che guardassi me o Tyler nel modo in cui mi stai guardando adesso.»

«Come ti sto guardando?» chiede Elisa, con voce dolce. «Con preoccupazione?» Intreccia le nostre mani, stringendo con decisione il mio palmo. «So quanto tieni a Tyler.»

«Certo che ci tengo, darei la vita per lui. Se potessi, mi prenderei io la sua condizione, e credimi, ci ho provato. Pensavo che essere miliardario potesse aiutare. Organizzo raccolte fondi, faccio donazioni alla ricerca medica e ho un intero reparto dedicato alla ricerca sulla sua condizione, ma non è abbastanza.»

«Probabilmente non sembrerà mai abbastanza,» dice Elisa.

Mi avvicino, catturando le sue labbra senza vergogna. Prendendo ciò che bramo, ciò di cui ho bisogno come aria per sopravvivere. Lei non mi ferma. Elisa non accenna minimamente a ritrarsi. Al contrario, vengo accolto con entusiasmo e calore mentre le sue dita si stringono ai risvolti della mia giacca.

«Per favore, non dimetterti.» Non voglio supplicarla di restare. Ma se ne sta andando a causa mia, abbandonando il suo lavoro perché io sono uno stronzo... non è giusto nei suoi confronti.

«Non posso andare in giro a baciare il mio capo,» sussurra, guardandomi. Il suo sguardo intenso mi fa bruciare dentro, facendomi desiderare un altro assaggio, bramando di rubarle il respiro.

«Vuol dire che non mi lasci?» ringhio. La domanda esce possessiva, rude, come se lei mi appartenesse.

La sua lingua fa capolino e il suo sguardo si intensifica. «Rimarrò, ma a una condizione,» dice, e giuro che è in punta di piedi, provocandomi con quelle labbra rubino. Il suo respiro si mescola al mio.

Vorrei inclinarmi di nuovo e baciarla, assaporarla, spingerla contro il muro e possederla davanti a tutti nella stanza.

Mi trattengo dal rispondere con *qualsiasi cosa*, perché è così che mi sento in questo momento: non voglio che si allontani dal lavoro o, cosa più importante, da me. E sarei disposto a tutto.

«Balla con me,» dice, e un sorriso ironico le si allarga sul viso.

«Tutto qui?»

Sorride maliziosamente e mi afferra il braccio, facendo scivolare la mano fino a raggiungere le mie dita, intrecciando le nostre dita mentre mi trascina via dal bar e verso la pista da ballo attraverso la folla di invitati.

La musica rallenta mentre ci avviciniamo alla pista, e il sorriso scompare dalle sue labbra. Come se si sentisse a suo agio con un ritmo veloce, cercando di mettermi in imbarazzo ballando sulla pista. «Dove stai andando?» chiedo, inchiodandola con lo sguardo, stringendo la sua mano per impedirle di sgattaiolare via.

«Il ritmo... non so ballare a questo,» balbetta Elisa, e la tiro vicino a me.

«Non sai ballare con un partner?» Appoggio una mano sulla sua schiena bassa e l'altra resta stretta alla sua.

«Non ho detto questo,» risponde, guardandomi. I suoi occhi brillano come diamanti, e il respiro mi si blocca in gola per quanto facilmente potrei perdermi nel suo sguardo.

«Elisa, sei tu?»

Un signore ci interrompe.

I suoi occhi si spalancano e si gira per affrontarlo. La pista da ballo è affollata, e lei mi sfiora. D'istinto, le cingo la vita con un braccio.

Non posso vedere l'espressione sul suo viso con la schiena rivolta verso di me, ma lui ha un ampio sorriso e la sta chiaramente squadrando.

Già non mi piace, e non ho la minima idea di come si conoscano, ma scommetto che è qualcosa di intimo. Almeno, lui vorrebbe che lo fosse, a giudicare dal modo in cui il suo sguardo è affascinato dal corpo di lei. Tuttavia, Elisa non emana la stessa vibrazione che emana lui.

L'uomo non è minimamente attraente, ma ciò non toglie che indossi un Rolex e sia chiaramente benestante. Come me. Il denaro non è un problema per me, ma non ostento i miei guadagni. Vivo comodamente e secondo alcuni forse persino modestamente, considerando il mio patrimonio netto, ma ho tutto ciò di cui ho bisogno e desidero.

Beh, lo avevo finché non ho incontrato Elisa.

E il modo in cui Occhi Piccoli la sta divorando con lo sguardo, mi fa rivoltare lo stomaco. La tiro possessivamente contro di me, rivendicandola come se ne avessi il diritto. Cosa che purtroppo non ho.

Lei mi guarda con un sopracciglio alzato, chiedendosi chiaramente che diavolo stia succedendo, e io rimango in silenzio, le mie dita che scivolano sul suo ventre, il tessuto nero sottile tra le mie mani mentre la accarezzo.

Elisa si appoggia più forte contro di me, come se

volesse la mia protezione. Almeno, spero sia questo che sta insinuando, perché io assecondo il gesto.

«Non ci siamo presentati,» dico, e con un braccio attorno a lei, tendo l'altra mano per presentarmi all'uomo.

«Sono Connor, il fratello di Levi,» dice lui.

Non c'è quasi nessuna somiglianza tra Levi e Connor. Come se Levi avesse avuto tutti i geni buoni e Connor fosse stato sfortunato. Non riesco a immaginare che Elisa possa essere interessata a lui. Anche se questo suona maleducato. Sono sicuro che dentro sia un bravo ragazzo.

«Weston,» dico, presentandomi. «Levi e io siamo vecchi amici dell'esercito.»

«Ahh,» dice con un ghigno, «uno dei suoi compagni di cavalcate a pelo.»

«Scusa? Che cazzo stai insinuando?» ringhio. Anche se Levi o io fossimo gay, quello sarebbe un modo decisamente orribile di presentarsi. Mi avvicino, torreggiando su di lui. La mia mascella si irrigidisce, ed Elisa si sposta di lato per evitare di rimanere schiacciata tra noi mentre fisso quel bastardo.

«Scherzo. Rilassati,» dice Connor, passandosi una mano tra i capelli diradati.

Mi trattengo dal colpirlo, solo perché è il matrimonio di Levi e non voglio rovinare il giorno speciale suo e di Clare.

Ignoro Connor e lancio un'occhiata a Elisa. «Ti prego, dimmi che voi due non vi conoscete.» Mi verrà da vomitare se scopro che sono stati insieme o si sono frequentati.

Di solito non sono il tipo geloso, probabilmente perché non ho tempo per le relazioni. Mio figlio è il centro del mio mondo, e quando non mi sto prendendo cura di lui, ho un'attività da gestire.

«Siamo semplici conoscenti,» dice Elisa, forse notando il vapore che mi sta uscendo dalle orecchie. «Se vuoi scusarci,» dice con un sorriso educato mentre mi afferra la mano e mi trascina via da Connor.

«Ma che diavolo era quello?» chiedo quando lo lasciamo in piedi sulla pista da ballo.

«Stava per essere il suo funerale,» mormora, e fa una smorfia quando vede Tyler correre verso di noi. Una ragazzina adolescente lo insegue, muovendosi tra gli ospiti. Julianna Henderson, la figlia di Logan.

«Scusate,» dice Julianna con aria dispiaciuta.

«Papà, possiamo giocare nella neve?» Indica fuori mentre il giorno si è trasformato in notte e una fresca coltre di neve inizia a cadere intorno alla baita.

Mi trattengo dal brontolare, cercando di alleggerire il mio umore dopo l'incontro con Connor, ma non riesco a scrollarmi di dosso la rabbia che serpeggia nelle mie vene. «No,» dico con un tono un po' troppo brusco.

«Per favore?» piagnucola Tyler, e il suo labbro inferiore si sporge verso di me. Il ragazzino ha il dono di ottenere sempre ciò che vuole.

Elisa si abbassa sulle ginocchia, mettendosi al livello degli occhi di mio figlio. «Che ne dici se troviamo il tavolo dei dolci e rubiamo un cupcake?»

Apro la bocca per obiettare, e lei alza un sopracciglio, avvertendomi silenziosamente di tacere. Le faccio cenno di andare ed esalo un pesante sospiro.

«Mi dispiace, Signor Grump,» dice Julianna. «Ho cercato di tenerlo occupato con Amelia.»

«Non preoccuparti,» dico. «Apprezzo che tu abbia aiutato a tenerlo d'occhio.»

Julianna esala un respiro, come se le fosse stato tolto un peso dalle spalle.

«Vai a divertirti. Goditi il matrimonio,» dico, facendole cenno di andare sulla pista da ballo.

Julianna fa un sorriso luminoso e si allontana.

Sono davvero così brontolone che era preoccupata che mi arrabbiassi per Tyler? Borbotto tra me e me e noto Tyler con la glassa rosa chiaro sparsa su tutta la bocca e le guance. È un disastro.

Elisa ha un pezzetto di cupcake all'angolo delle labbra. «Era buono il dolce?» chiedo e mi avvicino, rubandole un bacio, assaporando la macchia di glassa.

«Molto,» sussurra con voce roca mentre mi allontano.

«Papà, portami in braccio.» Tyler alza le braccia in aria, mettendosi tra Elisa e me.

Non sembra minimamente turbato dal fatto che abbia appena baciato Elisa. Forse per lui non è un grosso problema? Non ho mai frequentato ragazze davanti a lui. Siamo sempre stati solo noi due. Ho fatto attenzione a tenerlo al riparo dalla mia vita sentimentale.

«Dovresti essere la mia spalla, amico,» lo prendo in giro.

«Spalla?» chiede Tyler, accigliandosi. Ovviamente non capisce il mio riferimento. Sto aspettando che apra le braccia come un uccello o un aeroplano.

«Va bene.» Gli bacio il naso, evitando il pasticcio appiccicoso sulla sua faccia. «Che ne dici di trovare un bagno e pulirti un po'?»

La lingua di Tyler schizza fuori, cercando di ripulirsi dalla glassa, ma ci vorrà più di quello per vincere il pasticcio che ha fatto. Sono fortunato che non sia finita su tutto il suo vestito e sul mio.

«Sarò qui,» dice Elisa, facendomi un sorriso, e io tiro un sospiro di sollievo. Connor ci sta osservando, in piedi a pochi metri di distanza, con un bicchiere quasi vuoto in mano.

Continua a squadrare Elisa, e ho il forte sospetto che, nel momento in cui la lascerò sola, le si avventerà addosso come l'animale che è.

«No,» dico, inchiodandola con lo sguardo. «Vieni di sopra con me.»

Lei trattiene un respiro ansioso e abbassa lo sguardo verso Tyler. Si sforza di sorridere. «Certo, come vuoi tu, capo.»

Saliamo le scale, allontanandoci dalla folla, e ci dirigiamo verso uno dei bagni per ospiti per ripulire Tyler.

Lo porto in bagno, accendo la luce e lo faccio sul bordo del lavandino.

«Hai bisogno che faccia la guardia o qualcosa del genere?» chiede Elisa dalla porta. «Non sono sicura di come possa aiutare.»

«Connor ti stava squadrando,» dico, lanciandole un'occhiata mentre prendo un asciugamano e lo bagno sotto il rubinetto con acqua calda. Lavo con cura il viso e le mani di Tyler, facendo attenzione a non inzuppare l'adorabile completo che indossa per il matrimonio.

Lei incrocia le braccia sul petto. «Geloso?»

Sbuffo alla sua insinuazione. «No. Stavo cercando di comportarmi da gentiluomo e di tenere quel patetico idiota lontano da te.»

«Papà ha detto una parolaccia,» esclama Tyler con sorpresa.

«Metterò una moneta nel barattolo delle parolacce quando torniamo a casa,» mormoro.

Elisa fa un ampio sorriso, completamente naturale e spensierato, e alza il mento verso di me. «Scommetto che quel barattolo è pieno fino all'orlo di monete.»

«No,» ribatto, fissandola intensamente. «Di solito ci metto dentro un dollaro e penso che mi copra per il resto della giornata.»

«Nessun giudizio da parte mia,» dice, alzando le mani. «Probabilmente dovrei metterci almeno venti dollari con la mia linguaccia da marinaio.»

Non l'ho mai sentita imprecare.

Aiuto Tyler a scendere dal lavandino e getto l'asciugamano nel cesto della biancheria lì vicino.

«Papà, posso avere un fratellino?» chiede Tyler.

La sua domanda mi lascia di stucco, soprattutto con lo sguardo ardente di Elisa che mi divora.

«Un cosa?» Da dove diavolo gli è venuta questa idea?

«Voglio un fratellino. Come Miles. Possiamo portarlo a casa?»

Miles è il figlio di Logan e Cali. Devono aver giocato insieme di sotto. Elisa sta sorridendo, e si copre le labbra per non scoppiare a ridere. Distoglie lo sguardo, e immagino che si stia mordendo il labbro. Si chiede come sarebbe averlo con noi? Noi tre come una famiglia?

Anche se non ho mai pianificato di avere figli. Non volevo essere un padre, tanto meno un papà single. È semplicemente successo.

«No, non possiamo portare Miles a casa. Lui deve stare con Cali e Logan,» spiego, sperando di evitare ulteriori discussioni su da dove vengono i bambini. Sa che non è una cicogna, e quel libro illustrato per bambini che spiegava le basi su mamme e papà probabilmente non ha aiutato a risolvere la confusione. Considerato il fatto che sua madre è mia sorella.

Quello è un discorso che faremo più dettagliatamente quando sarà più grande, che tecnicamente sono suo zio. Un giorno. Continuo a rimandarlo sempre più in là.

«Ma io voglio un fratellino,» si lamenta Tyler, con il labbro inferiore sporgente mentre mi guarda con occhi spalancati.

Avere altri figli è fuori questione. Mi sono sottoposto a una vasectomia anni fa. E non ho alcuna intenzione di invertirla.

Non che non ami Tyler, perché lo amo, ma un figlio è abbastanza per me. Non riesco a immaginare di destreggiarmi tra due bambini, soprattutto considerando la condizione di Tyler.

«Che ne dici di tornare giù alla festa, così puoi giocare con Miles?» dice Elisa, arruffando i capelli di Tyler.

Lui alza lo sguardo verso Elisa con un sorriso a trentadue denti, gli occhi scintillanti come se fosse pronto a fare qualsiasi cosa lei gli chiedesse.

«Va bene,» cinguetta, con le guance arrossate e le sue fossette assolutamente adorabili. Assomiglia straordinariamente a una giovane Wre,n con quelle fossette e quel sorriso delle nostre foto d'infanzia.

Afferra la mano di Elisa. «Lo riporto di sotto,» dice Elisa, guardandomi da sopra la spalla. «Aspetti qui?»

Sollevo un sopracciglio incuriosito, chiedendomi il perché.

«Torno subito, poi possiamo parlare.»

Il mio stomaco si agita a quelle parole. Stiamo ancora cercando di capire cosa diavolo siamo: ci odiamo e un minuto prima lei minaccia di licenziarsi, e quello dopo la sto baciando. Ha ragione, dobbiamo parlare, ma non posso fare a meno di temere che mi scaricherà con gentilezza.

«Fai presto,» dico con un sorrisetto sicuro, non volendo che veda il dolore che mi sta lacerando dentro.

THIRTEEN

Elisa

TYLER SCENDE LE SCALE SALTELLANDO, e vaghiamo tra la folla finché non trovo la sala giochi. Ci sono giocattoli impilati lungo scaffali perfettamente organizzati e una libreria a muro con centinaia di libri per bambini.

In un angolo c'è una tenda, e dall'interno provengono risate fragorose. Anche con l'assalto della musica e del chiacchiericcio degli ospiti dal corridoio, riesco a sentire le voci dei bambini nascosti lì dentro.

Tyler lascia la mia mano e si precipita verso la tenda,

s'intrufola all'interno e scompare con gli altri bambini.

Dopo un minuto, vedendo che sta bene, torno di sopra per sedermi e fare una chiacchierata con Weston. Non so proprio cosa diavolo fare.

Anche se accettassi di tornare a lavorare per lui, non possiamo... noi due dobbiamo rimanere professionali. Sono in conflitto tra ciò che voglio e ciò che è giusto.

E lui mi vuole davvero?

Ovviamente, quel bacio serviva a impedirmi di essere arrabbiata con lui, e ha funzionato abbastanza. Lo perdono per essere stato un vero burbero insopportabile, ma se lavorassimo insieme, non dovremmo superare quel confine professionale, e a dire il vero, quello che vorrei è vederlo infilarsi nel mio letto.

Che situazione complicata.

Torno di sopra con calma. Weston non è in bagno, è in piedi nel corridoio, con la schiena al muro, i suoi occhi che percorrono il mio corpo mentre salgo le scale.

«Era ora.» I suoi occhi praticamente mi stanno spogliando.

Sono contenta che Clare non ci abbia fatto indossare vestiti orribili per far risaltare lei nel suo abito. Non avrebbe comunque bisogno di farlo: è una sposa stupenda ed è un'amica ancora migliore.

«Sono riuscito a procurarci una stanza,» dice Weston, e mi prende la mano, guidandomi lungo il corridoio. Apre la porta della camera e io entro per prima.

Entro nella stanza e mi giro, lasciando molto spazio tra noi. Non ho suggerito di parlare come eufemismo per dirgli che volevo fare sesso. Dobbiamo risolvere questa situazione se vogliamo lavorare insieme.

Lui chiude la porta dietro di noi, e la musica e il caos del piano di sotto sembrano dissolversi nella quiete della stanza. È una camera per gli ospiti, a quanto pare, non occupata. Il materasso matrimoniale è intatto, il letto fatto. Non c'è segno che qualcuno dorma qui. Nessun bagaglio. Nessun caricabatterie sul comodino. È pulita e vuota.

Weston si avvicina, muovendosi verso di me come un predatore, e io trattengo il respiro. Il mio stomaco sembra pieno di farfalle. Alzo una mano, facendogli mantenere una certa distanza. «Siamo qui per parlare,» dico. I suoi occhi sono pieni di desiderio.

È per quello che abbiamo fatto di sotto che è così eccitato? Il mio corpo ancora formicola al ricordo delle sue labbra sulle mie, delle sue mani ferme sulla mia pelle, possessive.

«Giusto,» dice, e si lascia sfuggire un respiro profondo. «Non voglio che tu ti dimetta. Sei troppo preziosa perché io ti lasci andare via.» Le parole escono prima che io abbia il tempo di parlare.

Tutto qui. È questo il motivo per cui vuole che io rimanga nella posizione sotto di lui? Perché ha bisogno di me per il lavoro.

Non so perché pensavo ci potesse essere un altro motivo.

«Non mi dimetterò,» dico, incontrando il suo sguardo intenso. «Non è che abbia altro in programma.» Offro un debole sorriso, le mie labbra si curvano verso l'alto per rassicurarlo che non ho intenzione di andarmene.

Lui annuisce con decisione. «Bene, odierei pensare che qualcun altro potrebbe averti tutta per sé.»

Ho il forte sospetto che non stia parlando di lavoro. «Weston,» dico, ed esalo un respiro pesante. Le mie mani tremano, e spero oltre ogni misura che lui non se ne accorga. «Se lavoriamo insieme, non posso... dobbiamo mantenere un rapporto professionale.»

«Sono mai stato non professionale in ufficio?» chiede, i suoi occhi fissi nei miei.

La mia lingua guizza fuori, cercando di pensare a una volta in cui sia stato inopportuno. «No,» dico. «Ma non possiamo.»

Si avvicina ancora, invadendo il mio spazio personale. Il suo profumo è legnoso e intenso, inebriante. Dovrei fare un passo indietro, mantenere una distanza di sicurezza per restare lucida, ma non voglio sfuggire alla sua presa.

La sua mano si alza, il pollice mi accarezza la guancia. Un gesto molto poco professionale dal mio capo. «Non voglio mantenere le cose sul piano degli affari tra noi. Ti voglio. E voglio che tu lavori per me.»

Inspiro bruscamente. «Weston,» sussurro, fissando il suo sguardo scuro e ardente. Mi attira a sé e fa sentire il mio corpo caldo e formicolante nei punti più intimi. «Quello che stai chiedendo...»

«È che troviamo un modo per far funzionare entrambe le cose.»

«Non è possibile,» dico, esprimendo con rammarico parole che non vorrei fossero vere. «Hai un figlio, devi pensare a lui. E un'azienda. Io verrò sempre al terzo posto e quando lo staff lo scoprirà...»

«Non lo scopriranno,» insiste Weston.

Ridacchio sottovoce. «Sul serio? Hai appena pomiciato con me di sotto, nel mezzo del matrimonio di Clare. La gente parla. Essere solo amici è tutto ciò che posso offrire.»

Mi circonda la vita con un braccio, tirandomi più vicina. Più stretta. Sento la sua erezione premere contro di me. «Non è abbastanza. Ti voglio, Elisa, tutta per me. Per il lavoro, per il piacere, tutto quanto.»

Le sue dita si intrecciano nei miei capelli, sciogliendo la molletta che li tiene raccolti, e ne afferra una ciocca, tenendomi la testa inclinata verso di lui. Non credo che intenda slacciare la molletta, ma forse... sì? Non ho mai visto un lato così sfacciato e audace del mio burbero capo prima d'ora e, oserei dire, potrei facilmente innamorarmi di lui.

«Sei mia,» ringhia. Le sue labbra si abbattono con forza sulle mie, reclamandomi, marchiandomi, ferendomi con un bacio così intenso che, anche se volessi allontanarmi, non potrei. Non voglio muovermi altrove se non più vicino a lui.

Il calore della stanza si intensifica, la temperatura sale, e il bacio infuocato lascia le mie labbra dolenti insieme alle altre parti del mio corpo, desiderose di avere di più.

«E cosa mi dici degli altri tuoi dipendenti?» sussurro mentre interrompe il bacio.

«Non voglio andare a letto con loro,» mormora Weston, e le sue labbra scendono rudemente lungo il mio collo. Mordicchiando. Mordendo. Leccando la mia pelle.

Rabbrividisco involontariamente e abbasso lo sguardo per vedere il sorriso che si allarga sul suo viso.

Con una mano, le sue dita risalgono lungo la mia coscia, cercando la destinazione desiderata. «Sei bagnata per me,» sussurra al mio orecchio.

I miei occhi si chiudono di scatto, non volendo ammettere quanto mi abbia eccitato stasera. Mi vergogno di voler scopare con il mio capo. Non voglio solo infilarmi sotto le coperte e fare l'amore con lui. Voglio che mi reclami, mi domini, e mi dimostri che sono sua e solo sua.

«Guardami,» ordina.

Le mie palpebre si aprono lentamente, fissando il suo sguardo scuro e acceso mentre fa scorrere le dita sulle mie mutandine bagnate. Sposta il sottile tessuto di lato, e io trattengo il respiro, in attesa.

Ma non mi tocca.

«Supplicami,» comanda, e bacia le mie labbra con avidità, in modo rude ed esigente.

«Mai,» rispondo con voce roca, ma sono già vicina al punto di rottura. Mi fa indietreggiare verso il materasso. Il retro delle mie ginocchia urta il morbido tessuto.

«Supplicami, Elisa.»

«Non supplico,» sussurro, sfidandolo. Solo perché è il mio capo, non significa che non siamo alla pari in camera da letto.

Weston fa un passo indietro e allenta la cravatta.

Inspiro bruscamente, sedendomi sul bordo del letto, in attesa di vedere cosa accadrà. Se ne andrà lasciandomi desiderosa di un sollievo perché non ho seguito i suoi ordini?

Il mio interno palpita di desiderio. Bramo il suo tocco e lui sta lentamente sbottonando la sua camicia, osservandomi mentre lo divoro con gli occhi.

«Sei eccitata,» dice con orgoglio. Come se sapesse quali miei tasti premere.

«N-non è v-vero,» balbetto, e lui ridacchia.

«Mi piace che ti bagni per me. Non vergognartene,» ringhia. Getta la camicia elegante sul pavimento, incurante che si stropicci.

Guardo la porta della camera da letto. «L'abbiamo chiusa a chiave?» chiedo.

Weston sorride maliziosamente. «No.» C'è divertimento nel suo tono.

«Qualcuno potrebbe entrare,» ansimo, e cerco di scendere dal materasso, ma lui mi blocca.

«Lascia che entrino. A meno che tu non voglia invece uscire?»

Mi sta dando una via d'uscita, una possibilità di dire no, di mantenere le cose professionali. Ma non è quello che voglio.

Lo voglio.

Prende il mio silenzio come consenso e mi guida più indietro sul materasso, mettendosi a cavalcioni su di me. Prende un preservativo dal portafoglio e si toglie i pantaloni mentre io lavoro sulla cerniera del mio vestito.

«Lascialo,» comanda.

Solleva l'orlo del mio vestito, sposta di lato le mutandine, e le sue dita danzano sulla mia fessura, scoprendo la mia umidità, riempiendosi di essa. Affonda due dita spesse dentro di me per assicurarsi che sia pronta per lui.

Mi stuzzica, le sue labbra coprono le mie mentre le sue dita mi scopano e io mi aggrappo a lui. Voglio di più. È rude, ma è esattamente ciò di cui ho bisogno e che desidero in questo momento. Mi sfila le mutandine con un movimento rapido e apre il preservativo, indossandolo prima di riposizionarsi alla mia entrata.

Si ferma, guardandomi dall'alto. «Sei sicura?» Chiede il mio consenso, e io annuisco, confermando il mio desiderio.

«Ho bisogno di sentirlo.» Mi fissa dall'alto. Le mie dita si muovono sui suoi addominali, scendendo lungo il suo corpo. Se non lo fa presto, lo rovescerò, prenderò il comando e lo scoperò io stessa.

«Ti voglio,» dico, guardandolo. «Scopami.»

Le mie parole accendono un fuoco istintivo tra noi. Ringhia e si seppellisce dentro di me tutto in una volta. È intenso e rude, e le mie unghie si conficcano nei suoi avambracci mentre mi allarga per accogliere le sue dimensioni.

Mi morde il labbro inferiore, i suoi baci rudi ed esplorativi mentre spinge la lingua nella mia bocca e il suo cazzo dentro di me.

È paradiso e inferno allo stesso tempo. Avvolgo le gambe intorno a lui, trascinandolo più vicino, più stretto, più in profondità. Voglio sentirlo sepolto dentro di me quando viene.

Mi afferra le braccia, inchiodando le mie mani contro il materasso, le nostre dita che si intrecciano mentre mi scopa.

I miei occhi si serrano, il primo calore dell'euforia si diffonde in me come un incendio.

«Guardami,» comanda.

Le mie palpebre sono pesanti, e il mio respiro è rauco mentre le mie labbra si separano e apro lentamente gli occhi per guardarlo. Mi mordo il labbro inferiore mentre arriva la prima ondata e lui schiaccia la mia bocca, mordicchiando e mordendo, cavalcando l'onda con me. Il suo ritmo non rallenta mai, è uniforme e costante fino al crescendo finale, quando si muove più forte e veloce.

«Cazzo,» ringhia, ansimando forte, boccheggiando quando lo stringo come una morsa e il mio interno trema.

Non riesco a tenere gli occhi aperti più a lungo. È troppo intenso, troppo travolgente mentre le mie dita dei piedi si contraggono e il calore si diffonde in ogni centimetro del mio corpo.

«Vieni per me,» mi sussurra nell'orecchio, e il suo

respiro suscita un altro seducente brivido che attraversa il mio corpo.

Tremo e mi stringo a lui come se la mia vita dipendesse da questo per sopravvivere.

Weston è proprio lì, che mi possiede, mi cattura, e schiaccia le sue labbra sulle mie mentre cavalca l'onda di estasi con me. Entrambi raggiungiamo l'apice insieme.

Si lascia cadere sul materasso ed esce da me, barcollando verso il bagno attiguo.

Mi liscio il vestito, nel caso in cui qualcuno entrasse, ma muovermi dal materasso non è qualcosa di cui mi sento ancora capace.

Sono esausta, ricoperta da un velo di sudore, e il mio cuore continua a galoppare nel petto.

Alla fine, mi siedo dopo aver ripreso fiato. Weston si sta ripulendo e rimettendo il completo, cercando di sembrare il più possibile come se non avessimo appena scopato al piano di sopra durante il ricevimento di nozze di Clare, nella loro casa.

Lei avrebbe una crisi se sapesse cosa stavamo facendo.

Weston recupera le mie mutandine dal pavimento e lentamente le fa risalire lungo le mie gambe. Persino questo gesto è sexy, lui che mi aiuta a rivestirmi.

«Fammi sistemare la cerniera,» dice.

Avevo iniziato a sfilarmi il vestito quando ero sul materasso. Mi offre una mano per alzarmi e mi fa segno di girarmi. Alza con cura la cerniera, assicurandosi che sia presentabile prima di tornare alla festa.

«Grazie,» dico. Le mie guance devono essere in fiamme mentre osservo il suo corpo. È di nuovo nel suo completo, elegante e bellissimo, senza alcuna traccia di quello che abbiamo appena fatto. Come diavolo fa ad apparire così calmo e composto?

Mi sento spettinata e sconvolta.

Il suo pollice sfiora il mio labbro inferiore. «Hai il rossetto un po' sbavato,» dice, sistemando il pasticcio.

«Anche i miei capelli,» dico, indicando il disordine. Anche se i miei capelli non sono lunghi come quando erano biondi, lo sono ancora abbastanza per essere raccolti come acconciatura per il matrimonio. Ora sono sciolti e qualcuno sicuramente lo noterà.

«Tii basterà dire che hai sciolto i capelli per ballare,» dice Weston.

«Non è una cosa normale,» ribatto.

«Beh, dovrebbe esserlo. Come le ragazze che si tolgono i tacchi.» Prende la mia mano, le nostre dita si intrecciano. «Faremo funzionare questa cosa, io e te.»

Ancora non so come. «Non sono brava a mantenere i segreti,» dico, guardandolo.

«Allora non ne terremo solo tra di noi.»

Sorrido debolmente. «Sloane ci ha visti di sotto.»

«E allora?» Weston alza le spalle.

«Lavoriamo insieme. Sloane potrebbe parlare di noi alle risorse umane o a chiunque altro con cui lavoriamo.»

Le sue braccia mi circondano la vita. «Ricorda, sono io il proprietario dell'azienda.» Il suo respiro si mescola al mio, tentandomi per un altro bacio. Ma le sue labbra non sfiorano ancora le mie. «Se sei così preoccupata, andremo direttamente alle risorse umane. Non siamo un'azienda per azioni. Non ci sono membri del consiglio o amministratori a cui rispondo,» dice.

«Puoi sistemare tutto così?» chiedo, schioccando le dita. Come se potesse mettere tutto a posto, e io fossi quella che sta esagerando.

«Beh, c'è Marjorie alle risorse umane. Probabilmente ci farà firmare qualcosa che stabilisce che è consensuale e che non mi sto approfittando.»

«E che non ti farò causa quando finirà male,» aggiungo, sapendo già che è più per la sua protezione che per la mia.

Le sue dita si intrecciano con le mie. «Chi ha parlato di fine?»

«Quante relazioni hai avuto che non sono finite?»

Mi tira contro di sé, schiacciandomi contro il suo petto in un abbraccio stretto. «Nessuno mi ha mai fatto sentire come mi fai sentire tu.»

Rido e avvolgo le braccia attorno alla sua vita. «E come sarebbe?» chiedo, guardandolo. «Frustrato? Infastidito? Irritato?»

«Innamorato.»

Le sue parole mi colgono di sorpresa. Allento la presa, pronta a fare un passo indietro, ma lui non allenta la sua. «Non puoi dire sul serio,» sussurro.

Siamo sempre ai ferri corti, e questa relazione è nuova e fresca. Con Weston, mi sento magneticamente attratta verso di lui, ma non sono sicura di essere pronta a descrivere questo sentimento come amore. L'unica volta che ero stata innamorata o credevo di esserlo, mi ero sbagliata. Quell'uomo mi aveva mentito, tradita, e si era dimenticato di menzionare di essere sposato.

Mi solleva il mento, costringendomi a incontrare il suo sguardo severo.

«Se devo dimostrarti ogni giorno che ti amo, lo farò,» dice Weston.

Il respiro mi si blocca in gola. «N-non dovresti essere costretto a farlo,» balbetto. Le sue parole mi colgono alla sprovvista. «E anche tu mi piaci molto, davvero.»

Le sue labbra sfiorano le mie. «Lo spero bene, dopo quello che abbiamo appena fatto su quel materasso.» Risistemo velocemente i capelli, ma probabilmente non sembrano come prima.

Mi trascina con sé per seguirlo di sotto, e temo che tutti gli occhi saranno puntati su di me. Ma nessuno sembra notare o preoccuparsi del fatto che eravamo di sopra.

Passando davanti a una delle finestre, sussulto. La neve ricopre il sentiero dove Clare e Levi hanno scambiato i loro voti. Quelli che erano pochi fiocchi si stanno rapidamente trasformando in una tempesta di neve.

Alcuni ospiti sono già andati via, e la sala è molto meno affollata, ma non tutti si sono avventurati verso casa. Levi si dirige verso di noi non appena ci vede.

Sa cosa stavamo facendo al piano di sopra poco fa?

«Le strade saranno presto impraticabili. Dovreste rimanere qui stanotte. Troveremo posto per tutti.»

«Non è necessario,» dico.

«Lo è,» dicono sia Levi che Weston all'unisono.

Clare si avvicina ancheggiando, cingendo la vita di Levi con un braccio.

«Stavo appunto dicendo loro che dovrebbero fermarsi per la notte,» dice Levi.

«Abbiamo abbastanza spazio, ma potremmo aver bisogno che alcune persone condividano le stanze,» dice Clare. Sta cercando di nascondere l'enorme sorriso sul suo viso, come se pensasse di fare da Cupido e di organizzare le cose per farci condividere una stanza. Non sa che abbiamo già inaugurato la camera da letto di sopra.

«Sono sicuro che possiamo gestire la condivisione di un letto.» Weston mi circonda le spalle con un braccio.

«Tyler starebbe bene su un materasso gonfiabile?» chiede Clare. «Possiamo metterne uno nella vostra camera.»

«Sì, sarebbe ottimo,» dice Weston. «Grazie.»

«Uno dei rischi della neve in questo periodo dell'anno,» dice Levi. «Se avete bisogno di prendere in prestito qualcosa da indossare, Clare può prestare dei vestiti a Elisa, e sono sicuro di avere qualcosa che andrà bene a te, Weston.»

«Grazie,» diciamo entrambi all'unisono.

Sebbene normalmente non mi preoccuperei di cosa indossare per dormire, il problema è che Tyler condividerà la stanza con noi e non indosserò l'abito elegante per andare a letto.

Il resto della serata trascorre tra balli, bevute e godendoci il matrimonio. Clare e Levi non si staccano l'uno dall'altra sulla pista da ballo. È carino e stucchevole allo stesso tempo. Amelia continua a spuntare di tanto in tanto con Tyler al seguito.

«Penso che abbia una cotta per lei,» dice Weston, indicando con un cenno Tyler e Amelia sulla pista da ballo. Le sue braccia sono avvolte intorno alla vita di lei mentre la guarda, sorridendo raggiante.

«Cosa ha lei, il doppio della sua età?» scherzo con una leggera risata.

«Balla con me.» Weston mi trascina sulla pista da ballo prima che io possa reagire.

«Qualsiasi scusa per palpeggiarmi in pubblico?» Lo prendo in giro mentre la sua mano vaga sul mio fondoschiena.

«Non pensavo te ne saresti accorta,» dice Weston con un sorriso malizioso, i suoi occhi che brillano mentre mi stringe forte contro di lui.

Ondeggiamo al ritmo lento, e il momento si allunga tra noi. Le sue mani avvolte intorno a me sembrano naturali, e non voglio che finisca. Non stasera. Mai.

Il suo cognome sarà Grump, ma più conosco Weston, più vedo che è gentile, premuroso e darebbe il mondo per Tyler. Non avrei mai pensato di uscire con un padre single, per di più il mio capo.

Le luci nella baita lampeggiano due volte prima di spegnersi a causa della neve. C'è un mormorio di malcontento e preoccupazione mentre il generatore di emergenza si attiva per permettere alle luci e al sistema principale di tornare in funzione. La musica però è spenta, finché l'elettricità non riprenderà.

«Papà.» Tyler si precipita verso di noi, e Weston si scioglie dal mio abbraccio, sollevando suo figlio tra le braccia.

«Penso che sia ora di andare a letto,» dice Weston, decidendo di concludere la serata. Guardo il mio orologio. È quasi mezzanotte, e con uno sguardo fuori, vedo che la neve è fitta e implacabile. Non si fermerà tanto presto.

Speriamo di riuscire a spalare domani e tornare in città in macchina.

Weston aiuta Tyler a prepararsi per la notte, gonfiando il materasso con una pompa elettrica e sistemandolo.

Lascio un po' di spazio a entrambi mentre Clare mi presta un paio di pigiami da indossare per la notte.

Una volta che Tyler è accoccolato e addormentato, mi intrufolo nella camera buia, con indosso un pigiama di flanella, per poi infilarmi sotto le coperte con Weston. Non è sexy ma è certamente caldo e accogliente.

Le sue braccia immediatamente mi avvolgono la vita, tirandomi più vicina.

Mi mordo il labbro inferiore per trattenermi dal ridacchiare e svegliare il piccolo che dorme vicino ai piedi del letto.

Le labbra di Weston sfiorano le mie, le sue mani scivolano sotto il tessuto, accarezzandomi un seno con una mano e sfiorando il mio fianco con l'altra.

Istintivamente, le mie labbra si separano, concedendogli l'ingresso mentre approfondisce il bacio, facendomi rotolare sulla schiena mentre mi cavalca i fianchi.

«Tuo figlio...» sussurro, preoccupata che possa sentirci.

«Ha il sonno pesante,» dice Weston.

Scuoto la testa. «Non possiamo... non con lui nella stanza.»

«Non stavo suggerendo di fare sesso stanotte,» mi sussurra nell'orecchio. «Voglio solo toccarti.» Le sue dita scivolano sulla mia pelle nuda, stuzzicando il mio stomaco e la cintura dei miei pantaloni del pigiama prima di far scivolare il palmo sul mio seno e solleticare un capezzolo.

Le mie dita si infilano tra i suoi capelli, portando le sue labbra alle mie per un altro bacio rovente. «Il tuo toccare porterà ad altre cose,» ansimo, lasciando che i miei occhi si chiudano. Sono stanca, ma lui mi fa sentire più viva che mai.

Lascia un ultimo bacio sulle mie labbra prima di scendere da me e rotolare sul fianco. Mi mette un braccio attorno alla vita prima di sussurrare: «Buonanotte.»

FOURTEEN

Weston

SONO PASSATE sei settimane dal matrimonio di Levi. Elisa non passa tutte le notti a casa mia; viene un paio di volte a settimana, e so che sarà ancora meno frequente con il mio ritorno nella mia vera casa.

I traslocatori hanno imballato tutto quel che avevo nell'appartamento e rimarrà vuoto fino alla scadenza del contratto. Non ha senso vivere ancora nell'edificio quando posso tornare a casa mia.

Tranne per l'ovvio fatto che mi mancherà la mia vicina di casa.

«Te ne vai davvero,» dice Elisa, in piedi nel corridoio mentre porto fuori i nostri bagagli dall'appartamento, diretto verso l'ascensore.

«Puoi tenere d'occhio Tyler mentre carico questa roba in macchina?» le chiedo, lanciandole un'occhiata da sopra la spalla mentre premo il pulsante dell'ascensore.

Anche se i traslocatori hanno tutte le scatole e gli oggetti più ingombranti, ci sono un sacco di giocattoli, vestiti e altro che devono essere portati a casa. Tyler sentirebbe la mancanza del suo dinosauro di peluche tra gli altri giocattoli preferiti se aspettassi che i traslocatori si occupassero di tutto. E per quanto siano efficienti, non sono me.

Sono un po' perfezionista e maniaco del controllo. È una cosa su cui sto lavorando al momento.

«Non avrei mai pensato di vedere un miliardario portare i propri bagagli,» dice Elisa con un sorrisetto. Chiude la porta di casa sua e si intrufola nel mio appartamento per badare a Tyler.

«Camden ha preso un giorno di malattia. Ha l'influenza.» Le porte dell'ascensore si aprono e mi infilo dentro con due valigie enormi, uno zaino e una borsa per il laptop. «Grazie.»

«Non c'è di che.»

Mi affretto a scendere nell'aria gelida dell'inverno e carico il bagagliaio il più velocemente possibile. Le luci di emergenza lampeggiano mentre sono parcheggiato in doppia fila.

Torno di corsa al piano di sopra e dentro l'appartamento, per vedere Elisa seduta con Tyler sul divano mentre leggono un libro insieme.

Si ferma quando mi vede prendere l'ultimo set di bagagli da portare di sotto. «Mi mancherà averti come vicino.»

Sorrido e mi carico il borsone sulla spalla. «Guarda che ci vedremo al lavoro ogni giorno...» Lascio le parole in sospeso. Sarà più difficile avere incontri notturni senza che Tyler se ne accorga.

Anche se Elisa tende a passare alcune notti alla settimana svegliandosi con me al mattino. È una novità recente. Non mi piace quando scompare durante la notte o la mattina presto senza svegliarmi prima.

Quando sono diventato così debole da odiare l'idea che lei non sia vicina a me? Non sono mai dipeso da nessuno tranne che da me stesso. Ma non devo sentirmi così con Elisa. È stata un'àncora di salvezza, aiutandomi con Tyler, supportandomi e in mille altre cose.

Ho contemplato l'idea di chiederle di trasferirsi da me, ma è un grande passo e non sono sicuro che sia pronta per un ruolo a tempo pieno come matrigna di Tyler. Non che le stia chiedendo di sposarmi, ma se si trasferisse, la direzione sarebbe chiaramente quella, almeno nella mia mente.

Finisco di caricare l'auto con gli ultimi bagagli prima di tornare a prendere mio figlio. Il suo seggiolino è già nel sedile posteriore. Dovrò solo allacciarlo prima di dirigermi verso casa.

Elisa finisce di portare l'ultimo libro. Si morde profusamente il labbro inferiore, come se avesse qualcosa da dire ma si stesse trattenendo.

Tyler si arrampica sulle ginocchia, avvolgendo le braccia attorno al suo collo, aggrappandosi a lei. Il bambino la adora.

Non è l'unico.

Quel pensiero mi colpisce con intensità, e inspiro bruscamente.

«Va tutto bene?» chiede Elisa, guardandomi da sopra la spalla. Si muove per alzarsi, ma Tyler non ha allentato la presa, e lei lo abbraccia, tenendolo stretto mentre attraversa la stanza verso di me.

Evito di rispondere alla domanda. «Dovresti passare da casa mia stasera, aiutarmi a disfare i bagagli.»

«È l'unico motivo per cui mi vuoi lì?» chiede con un sorriso che si allarga sul suo viso.

«Non l'unico motivo,» dico, chinandomi e lasciandole un bacio sulle labbra.

Tyler si arrampica dal suo collo al mio, aggrappandosi a me. «Che schifo,» dice, arricciando il naso mentre ci baciamo.

«Hai l'indirizzo?» L'ho già inserito nel suo telefono, ma voglio assicurarmi che sappia come arrivare a casa mia.

«Certo, non lo sai che ti sto stalkerando?» scherza Elisa. Il suo sorriso illumina la stanza e non riesco a trattenermi dal darle un altro bacio sulle labbra.

«Stalkerami quanto vuoi.»

C'è un deciso bussare alla porta. È Theo, uno dei miei assistenti personali. Sta aiutando con il trasloco, gestendo la logistica, avviando i contatti con i traslocatori, e rimane nei paraggi per facilitare tutto.

«Entra pure, Theo,» dico, facendogli cenno di entrare. Nonostante tutto sia già imballato, qualcuno deve assicurarsi che tutte le scatole e i mobili vengano caricati sul camion e portati a casa mia questo pomeriggio. È sua responsabilità.

«Theo, questa è Elisa,» dico, presentandoli. Theo è un paio di centimetri più alto di me. In un'altra vita, avrebbe potuto essere un giocatore di football. Ha certamente la corporatura e la resistenza per farlo.

«Piacere di conoscerti,» dice Elisa. «Avrei potuto aiutare con i traslocatori.»

«Fai già abbastanza per me. Non ho intenzione di approfittarmi di te solo perché sei la vicina.»

«Non è quello che intendevo,» sussurra, fissandomi con lo sguardo.

Theo si schiarisce la gola. «C'è altro che dovrei sapere, capo?»

«Hai il mio indirizzo. Assicurati che tutto venga consegnato oggi. Avrò anche bisogno che sistemino alcune cose quando arrivano a casa.»

«Certo,» dice Theo. «Tutto ciò di cui hai bisogno.»

Aiuto Tyler a indossare il cappotto invernale, il cappello e i guanti. Elisa corre alla porta accanto per prendere il proprio cappotto, affrettandosi verso l'ascensore mentre premo il pulsante per scendere.

«Sono sorpresa che tu non abbia assunto qualcun altro per accompagnarti in città.»

Mi conosce troppo bene. Odio guidare a New York, ma la casa è in periferia, e mi allontanerò dalla città. Con Camden che è malato, di solito faccio guidare Theo quando lui non è disponibile Non uso un servizio di auto a noleggio; assumo i miei uomini fidati che lavorano per me. Ma ho messo Theo a capo del trasloco.

«Mi stai prendendo in giro?» le chiedo.

Lei alza le mani in segno di resa. «Non mi permetterei mai. Sai guidare, vero?»

Ecco che ricomincia a prendermi in giro.

«Sì, ce la faccio.» Le rubo un bacio mentre usciamo nel freddo ventoso. La mano di Tyler è attaccata alla mia. Sblocco la portiera e lo aiuto a salire sul sedile posteriore, allacciandogli la cintura di sicurezza.

«Mi sembra un addio,» mormora lei, con la fronte corrugata e tesa.

«Sai che non lo è.» Il mio stomaco è contratto in una palla. «Vieni a cena,» insisto. «Porta i vestiti per il lavoro di domani.»

Sistemo Tyler nel suo seggiolino e chiudo la portiera. Il motore è acceso, per riscaldare il veicolo, impedendo al mio piccolo mostro di congelare.

«Vuoi solo che ti aiuti a disfare le valigie,» dice lei.

«Non hai torto.» Mi chino, le mie labbra schiacciano le sue in un altro bacio ardente. «Alle cinque.»

Lei geme sottovoce: «Sei prepotente.»

Un sorriso si allarga sul mio volto. «Lo stai scoprendo solo adesso?» Un altro bacio veloce, e mi affretto verso il lato del conducente, osservando mentre lei corre nell'atrio per ripararsi dal freddo. Saluta con la mano e io salgo nel veicolo, grato per il calore che si sprigiona all'interno.

«Papà, mi manca Elisa,» dice Tyler.

Guardo nello specchietto retrovisore mentre stringe il suo dinosauro di peluche e saluta Elisa.

Anche a me, amico.

Sembra così lontana, così irraggiungibile. Sì, la vedrò al lavoro e a volte verrà a casa con me, ma non sembra abbastanza.

Eppure, non è troppo presto per chiederle di venire a vivere con me? Non voglio spaventarla.

———

Il pomeriggio vola via tra scatoloni da disfare. La casa è un disastro. Un disastro assoluto. Com'è possibile   che   tutto   dalle   cantine   e dall'appartamento   venga   consegnato contemporaneamente e non ci sia abbastanza spazio per sistemare mobili e scatole?

La mia casa non è affatto piccola, ma cerco anche di non vivere in modo così straordinariamente sontuoso da ostentare il mio denaro. Non ce n'è bisogno. Per molto tempo, la casa era solo mia e vivevo da solo.

Finché mia sorella non rimase incinta di Tyler. Avevamo programmato che venisse a stare da me, l'avrei aiutata con suo figlio finché non si fosse sentita a suo agio a crescere un bambino da sola. Non era entusiasta di essere un genitore single, nel senso di dover fare tutto da sola.

E io non avrei mai voluto abbandonarla o lasciarla fare tutto da sola. Siamo una famiglia. Si resta sempre uniti.

Fa ancora male passare davanti alla camera dove ha vissuto per alcuni mesi, prima che entrasse in travaglio e tutto andasse storto.

Non ho aperto quella porta da prima che morisse.

Mentre mi trasferivo dalla casa all'appartamento, ho incaricato Theo di ripulire la camera di Wren, imballare i suoi effetti personali e metterli in magazzino.

Quegli oggetti rimangono in magazzino, ancora chiusi a chiave. Un giorno, quando Tyler sarà più grande, li esamineremo insieme. Ma non sono pronto e la ferita è ancora troppo fresca per affrontarla.

Il campanello suona e la musica riempie la casa. I traslocatori stanno diligentemente lavorando per disimballare e sistemare i miei averi, ma c'è ancora così tanto da fare e io odio starmene seduto a non fare nulla.

Theo apre la porta prima che io abbia il tempo di arrivarci, e posso sentire la dolce voce di Elisa da dietro l'angolo.

«Weston?» La sua voce è come il miele, e la mia testa spunta da dietro le scatole mentre sono seduto sul pavimento a sistemare alcune teglie da forno.

Tyler corre nella stanza, gettando le braccia intorno a Elisa. Lei si china e lo prende tra le braccia. «È passato tanto tempo,» dice, e lui le copre la guancia di piccoli baci.

È adorabile e commovente.

Nella sua mano, tiene un piccolo sacchetto marrone.

«Cos'è?» chiedo, facendo un cenno verso il sacchetto di carta. «È un po' tardi per il pranzo.» Preparerò la cena non appena troverò tutte le pentole e le padelle. La squadra ha già sistemato le spezie, gli oli e le provviste essenziali della dispensa per me.

Ma la quantità di lavoro è enorme, e non mi piace starmene seduto a non fare niente, a meno che non sia di aiuto in qualche modo.

«Non è il pranzo.» È enigmatica da morire.

Mi alzo e la abbraccio. «Un regalo per la casa?» indovino, alzando le sopracciglia verso di lei. «Non dovevi prendermi nulla.»

Lei apre la bocca e la richiude. «Si regala qualcosa per la casa a qualcuno che ci ha sempre vissuto e se n'è andato solo temporaneamente?»

Alzo le spalle. «Va bene, errore mio. Cosa c'è nel sacchetto?» Sono come un bambino quando si tratta di regali e voglio sapere cosa c'è dentro il pacchetto ben confezionato o, in questo caso, il semplice sacchetto marrone. Non è un sacchetto da liquori, quindi non ha portato alcol.

Il che va bene. Ho parecchio vino in cantina.

«Va bene,» dice, e mi porge il sacchetto, alzando gli occhi al cielo. C'è un sorrisetto agli angoli delle sue labbra e osservo la sua mano tremare mentre mi consegna il sacchetto marrone.

Apro la parte superiore e guardo dentro, confuso. Estraggo la bacchetta vuota, è uno di quei test su cui si urina. «Che cos'è?» Il sorriso scompare dal mio viso. «È una specie di scherzo di cattivo gusto?»

Il mio stomaco si tende e la stanza gira. «Tyler, vai nella sala giochi.» Non voglio che assista all'inferno che sto per scatenare su Elisa.

È andata a letto con altri uomini?

Deve averlo fatto, per essere incinta.

Perché ho fatto una vasectomia. Non è possibile che io sia il padre.

Corre nella sala giochi senza chiedere il perché. Forse percepisce la tensione nell'aria, o forse vuole solo andare a giocare con i suoi giocattoli.

Elisa si muove nervosamente.

«Stai cercando di fregarmi?» ringhio verso di lei, avvicinandomi. Getto il test e il sacchetto di carta sul bancone vicino.

«Cosa?» La sua fronte è corrugata e le sue guance arrossate. «Sono incinta, Weston. È tuo.»

Rido cupamente, in modo maniacale. Non può essere seria.

«Bel tentativo.» Faccio un passo indietro. La stanza mi soffoca. Non importa quanto sia grande questa casa, improvvisamente mi sento claustrofobico. «Con chi altro sei andata a letto?» I miei occhi bruciano di rabbia ardente che cresce dentro di me.

«Con nessuno,» Elisa ansima, a bocca aperta. «Non ci posso credere, Weston. Pensavo che almeno mi avresti dato un minimo di ascolto... non che mi avresti accusato di tradirti.»

Mi avvicino, ringhiando mentre la fisso. «Non stiamo insieme da così tanto tempo.»

«Abbastanza da rimanere incinta! N-non siamo sempre stati attenti,» balbetta.

«Quanti altri uomini ci sono stati?» La osservo. Sembra ferita, distrutta. Perché? I suoi occhi sono rossi, lucidi di lacrime, ma non cede terreno.

«C'eri solo tu, testone.»

Sbuffo al suo insulto. «Davvero maturo da parte tua,» dico.

«Cosa ti fa pensare di non poter essere il padre? Perché sei l'unico uomo che mi ha scopato negli ultimi due anni!»

Le sue parole mi colpiscono, e distolgo lo sguardo.

No.

Non può essere vero.

«Ho fatto una vasectomia,» sibilo, le mani strette mentre afferro il bancone della cucina per mantenermi stabile. Il mio cuore sbatte contro la gabbia toracica. «Non può essere mio.»

«Non sono sempre efficaci,» dice Elisa. «Te lo giuro, Weston, non sono andata a letto con nessun altro. Smettila di comportarti come un idiota.»

Dovrei semplicemente crederle?

Non ho mai voluto figli.

Amo Tyler, ma non l'avevo pianificato e ora questo... bambino. Non avevo pianificato nemmeno lui. La mia mano si allenta sul bancone mentre incrocio le braccia sul petto.

«È mio?» Guardo da lei al suo addome. Non si vede ancora nulla. «Di quanto sei incinta?»

«È tuo al cento per cento. A meno che i vibratori possano improvvisamente ingravidare una ragazza.» Ride della sua battuta, e io ringhio, avvicinandomi, circondandole la vita con un braccio.

«Faresti meglio a buttare via quel vibratore,» le ringhio.

«O cosa?» Mi guarda, sfidandomi.

«Non voglio che tu faccia vibrare il nostro bambino che stai portando.» Le parole suonano strane ed estranee. *Il nostro bambino*. Ma le credo, che non è stata con nessun altro. E non siamo sempre stati attenti, perché credevo che la vasectomia fosse efficace. Non ero preoccupato della gravidanza e siamo entrambi sani.

La stringo forte contro di me, la mia mano che traccia cerchi rassicuranti sulla sua schiena. «Mi dispiace,» sussurro, desiderando di averle creduto, e che la notizia fosse stata più felice per entrambi.

«Sei un musone,» mormora sottovoce, «a insinuare che sia andata a letto con qualcun altro.»

«Hai ragione.» Ha tutti i motivi per odiarmi in questo momento, ma non voglio che la notizia ci separi. «Mi dispiace, Elisa. Non avrei mai dovuto dire quelle cose.»

«O pensarle!»

Porto la mano al suo mento, facendola incontrare il mio sguardo. «Mi dispiace.»

Il suo naso si contrae e il labbro inferiore sporge mentre mi guarda con occhi spalancati. «Scuse non accettate,» dice. «Ma puoi farmi dimenticare.»

«Come?» chiedo, disposto a fare qualsiasi cosa. Non sono un uomo che striscia, ma ho detto cose imperdonabili e non voglio che questo ci divida.

«Non voglio più essere la tua assistente alle acquisizioni,» dice.

Il mio stomaco si stringe. «Non vuoi?» Sta lasciando, di nuovo?

«Voglio un trasferimento e una promozione a produttrice esecutiva. E voglio un aumento, ora che dovrò mantenere due persone.»

Rido sotto i baffi e faccio un passo indietro. «È un bel cambiamento.»

«Sto già facendo quel lavoro. Acquisto sceneggiature per lo sviluppo di continuo. E abbiamo ottenuto due accordi di streaming che sono stati a otto cifre grazie al mio contributo. Non ho visto un centesimo da quei contratti e valgo ogni centesimo e anche di più.»

«Non devi dimostrarmi le tue qualifiche,» dico. Ha ragione, è sottopagata e sovraccarica di lavoro. «Le risorse umane mi stanno spingendo ad assumere un nuovo Produttore Esecutivo.»

Geme sottovoce. «Non approveranno mai la mia candidatura per quella posizione.»

«Non importa. Sono io il tuo capo,» dico. «Non avrai un trattamento speciale, sei pienamente qualificata per il ruolo, e francamente, hai bisogno di un aumento di stipendio che non faccia alzare sopracciglia.»

«E darmi la posizione non farà ribollire qualcuno?» ribatte.

Si aspettava che rifiutassi il suggerimento? «Da quando ti importa cosa pensano gli altri, signorina Emerson?»

Stringe le labbra. «Davvero, signor Grump? Stiamo facendo questo qui, a casa tua?»

«Facendo cosa?» la provoco.

«Comportarci in modo così formale,» dice, avvicinandosi. Mi afferra la camicia nel pugno e mi tira più vicino. Le sue labbra sono vicine ma non si spinge nell'ultimo tratto per un bacio.

«Ti amo,» sussurro, osando dire quelle parole ad alta voce e sperando che non la spaventino.

«Era anche ora,» dice con un sorrisetto.

Mi chino, sfiorando le sue labbra con fame, tirandola più stretta e più vicina a me.

«Anch'io ti amo,» dice con un enorme sorriso. «Ora... quando posso trasferirmi?»

EPILOGUE

Elisa

NON PERDO TEMPO quando si tratta di trasferirmi da Weston. Sloane mi aiuta a fare qualche valigia, ma Weston assume gli stessi traslocatori o, meglio, lo fa la sua assistente, per occuparsi di portare tutto a casa sua.

All'inizio, è strano trasferirsi da lui, ma troviamo il nostro ritmo insieme, molto prima che il nostro piccolo fagottino venga al mondo.

Tyler vuole un fratellino, e Weston e io saremo felici con qualsiasi cosa ci venga data. È un padre premuroso con Tyler e so senza dubbio che sarà fantastico con nostra figlia o nostro figlio.

Ci equilibriamo a vicenda. Mentre lui tende a essere iperprotettivo con Tyler, io ho imparato a capire la condizione di suo figlio e ho contribuito ad assicurarmi che Tyler sia al sicuro pur godendosi la sua infanzia.

Non ha bisogno di due genitori elicottero.

Faccio fatica a muovermi per casa, con la pancia che sporge e mi rende tutto difficile. Quando finalmente arriva il giorno e Weston mi porta di corsa in ospedale, siamo sopraffatti dalla gioia per il piccolo tra le nostre braccia.

Sono distesa sul letto d'ospedale, mentre allatto il nostro piccolo, e Tyler osserva accanto a me, curioso e attento verso il suo fratellino.

«Come si chiama?» chiede Tyler.

È l'unica cosa su cui entrambi stiamo ancora riflettendo. Ci siamo ripromessi che, quando avremmo visto nostro figlio o nostra figlia, l'avremmo saputo.

«Vorrei chiamarlo Lawrence,» dico, guardando Weston. Lui rimane in silenzio, senza rifiutare ancora il nome. «Sarebbe chiamato così in onore di Wren.»

Weston emette un sospiro profondo e i suoi occhi si inumidiscono. Distoglie brevemente lo sguardo, cercando di ricomporsi. «È davvero dolce. Mi piace.»

«Lauren?» Il naso di Tyler si arriccia. «È un nome da femmina. Ma è davvero un maschio, vero?» Tyler cerca di sbirciare sotto la coperta del bambino.

«Sì, è un maschio,» dice Weston, e afferra Tyler, tirandolo tra le sue braccia per solleticarlo e coccolarlo.

Sorridendo ai due uomini della mia vita, e ora tre, con il fagottino tra le braccia, mi sento felice e sopraffatta.

«Vuoi fare un regalo alla tua mamma?» sussurra Weston un po' troppo forte a Tyler.

Tyler si gira verso suo padre e un minuto dopo, Weston lo aiuta a scendere, mettendo i piedi del piccolo tigrotto sul pavimento.

«Vuoi essere la mia mamma?» chiede Tyler, porgendomi una scatolina di velluto.

Trattengo il respiro mentre Weston si avvicina al letto e scompiglia i capelli di Tyler. «Bravo, ragazzo. Ora tocca a me.»

Stringo Lawrence tra le braccia mentre Weston si inginocchia con grazia, la sua mano che cerca la mia. «Elisa, forse stiamo iniziando a costruire ora una famiglia insieme, ma tu sei la mia famiglia. La mia vita. Il mio punto fermo. Sei luminosa come il sole, e anche nella notte più buia mi è chiaro che sei la mia stella polare. Ti amo. Amo la nostra famiglia e voglio essere legato a te per sempre.»

«Sei già legato a me,» rido, agitando Lawrence verso di lui.

«Voglio sposarti, Elisa. Voglio passare il resto della mia vita con te. Mi vuoi sposare?»

Inspiro nervosamente, il cuore che mi batte forte e il monitor del battito cardiaco che diventa più rumoroso, rendendo impossibile nascondere a chiunque la mia agitazione. «Dovevi chiedermelo proprio qui?» rido, guardando il monitor che suona mentre l'infermiera si precipita nella stanza per controllarmi.

«Mi ha appena fatto la proposta,» dico per spiegare la situazione, mentr mentre esamina i monitor e silenzia il bip.

I suoi occhi si spalancano. «E cosa ha risposto?»

«Non l'ha ancora fatto,» ringhia Weston all'infermiera, «perché ci ha interrotti.»

Ecco che ricomincia, a fare il signor Brontolone. Povera infermiera, non sapeva in cosa si stesse cacciando quando è entrata di corsa nella stanza per controllare come stavo. «Non è colpa sua,» la difendo. «Sta solo facendo il suo lavoro.»

«Sembra che voi due siate già sposati,» scherza l'infermiera con una risata.

Weston mi fissa, in attesa della mia risposta.

«È un sì, ovviamente!» esclamo. Come potrebbe pensare diversamente?

Weston si china, premendo le sue labbra sulle mie. Le sue dita si intrecciano nei miei capelli, ma sta attento al nostro nuovo bambino stretto contro il mio petto.

«Voglio le coccole anch'io,» strilla Tyler, e si arrampica sul letto, facendo attenzione a Lawrence mentre si unisce a noi per festeggiare.

L'AUTORE

Willow Fox ama la scrittura da quando ancora andava al liceo (molte ere fa). I suoi romanzi ambientati in provincia, riflettono la vita delle piccole città dell'America rurale.

Che stia scrivendo romanzi romantici o seduta all'aperto accanto al fuoco a leggere un buon libro, Willow adora le pagine colme di parole di scritte.

Sogna il colpo di fulmine e spera di riuscire a farlo scattare nei suoi lettori!

Visita il suo sito web:

https://shopwillowfox.com

Voto Spietato

Fratelli Bratva

Boss Brutale

Boss Diabolico

Boss Possessivo

Boss Ossessivo

Boss Pericoloso

Padre Single Autoritario

Il Burbero Miliardario

Burbero di Montagna

Il Burbero Scapolo